Memória de menina

FÓSFORO

ANNIE ERNAUX

Memória de menina

Tradução do francês por
MARIANA DELFINI

I know it sounds absurd but please tell me who I am

SUPERTRAMP

"Uma coisa ainda", disse ela. "Eu não tenho vergonha de nada do que fiz. Não há vergonha em amar e em dizê-lo." Não era verdade. A vergonha da sua fraqueza, da sua carta, do seu amor, continuaria a devorá-la, a consumi-la, até o fim da vida. [...] Afinal de contas, aquilo não causava tanto mal assim, a ponto de que não o pudesse suportar em segredo, sem demonstrar coisa alguma. Tudo aquilo era experiência, era uma coisa salutar. Poderia escrever um livro, agora. Roddy seria um dos personagens. Ou então dedicar-se seriamente à música. Ou então matar-se.

ROSAMOND LEHMANN, *Poeira**

* *Poeira*. Trad. de Mário Quintana. Porto Alegre: Globo, 1945, p. 258. (Esta e as demais notas são da edição, exceto se indicadas de outra maneira.)

ALGUMAS PESSOAS SÃO TRAGADAS pela realidade dos outros, pela maneira deles de falar, de cruzar as pernas, de acender um cigarro. Enredadas na presença dos outros. Um dia, ou melhor, uma noite, elas são arrebatadas pelo desejo e pela vontade de um único Outro. Aquilo que pensavam ser desvanece. Elas desmancham e assistem a seu reflexo agir, obedecer, carregado pelo fluxo desconhecido das coisas. Elas estão sempre atrás em relação à vontade do Outro. Essa vontade está sempre um passo à frente. Elas nunca a alcançam.

Nem submissão, nem consentimento, apenas o espanto do real que leva a pensar "o que está acontecendo comigo" ou "é comigo que isso está acontecendo", só que nesse caso não existe mais nenhum eu, ou esse eu já não é mais o mesmo. Só existe o Outro, mestre da situação, dos gestos, do momento que vem depois, e ele é o único que sabe o que vem depois.

Depois o Outro vai embora, você deixou de satisfazê-lo, ele não se interessa mais por você. Ele te abandona com o real, por exemplo uma calcinha conspurcada. Ele quer cuidar só da vida dele. Você fica sozinho com seu hábito, já adquirido, de obedecer. Sozinho em um tempo sem mestre.

Outros tiram vantagem disso e se aproveitam de você, se lançam para dentro do seu vazio, você não lhes nega nada, mal os nota. Você aguarda o Mestre, que ele lhe conceda a graça de te tocar ao menos uma vez. Ele faz isso, certa noite, com os plenos poderes sobre você pelos quais todo o seu ser implorou. No dia seguinte ele não está mais ali. Não importa, a esperança de reencontrá-lo se tornou sua razão de viver, de se vestir, de ser mais inteligente, de passar nas provas. Ele vai voltar e você estará à altura dele, mais que isso, vai ofuscá-lo com sua beleza, conhecimento e segurança de agora, tão distantes do ser indistinto que era antes.

Tudo o que você faz é pelo Mestre que elegeu em segredo. Mas, sem se dar conta, esforçando-se para aumentar o próprio valor, você se afastou inexoravelmente dele. Você entende sua loucura, não quer vê-lo nunca mais. Você jura que vai esquecer tudo isso e que nunca vai falar sobre isso a ninguém.

FOI UM VERÃO SEM NENHUMA PARTICULARIDADE meteorológica, o verão do retorno do general De Gaulle, do franco pesado* e de uma nova República, de Pelé campeão do mundo de futebol, de Charly Gaul vencedor do Tour de France e da canção "Mon Histoire c'est l'histoire d'un amour", de Dalida.

Um verão imenso, como são todos até os vinte e cinco anos de idade, antes que eles se abreviem em veranicos cada vez mais rápidos, cuja ordem acaba nublada pela memória, subsistindo apenas os verões espetaculares de seca e calor extremo.

O verão de 1958.

Como nos verões anteriores, uma parcela pequena dos jovens, a mais abastada, desceu com os pais para o sol da Côte d'Azur; outra parte, igualmente abastada mas que estudava no liceu ou no pensionato Jean-Baptiste-de-la-Salle, embarcou em Dieppe para aprimorar o inglês balbuciante que aprendera ao longo de seis anos nos livros didáticos. Outra parte ainda, formada por

* Como foi apelidado o novo franco, que correspondia a cem francos antigos, depois da mudança do seu valor monetário como medida de combate à inflação.

estudantes do liceu, universitários e professores primários, dispunha de férias longas e pouco dinheiro e foi cuidar de crianças nas colônias instaladas por todo o território francês, em grandes propriedades e até em castelos. Aonde quer que fossem, as meninas enfiavam na mala um pacote de absorventes descartáveis, perguntando-se, entre o receio e o desejo, se seria neste verão que iriam para a cama com um menino pela primeira vez.

Naquele verão milhares de soldados do Exército também partiram para a Argélia para restaurar a ordem, muitos deles longe de casa pela primeira vez. Escreveram dezenas de cartas, em que falavam do calor, do *djebel* e dos *douar*,* dos árabes analfabetos que não falavam francês depois de cem anos de ocupação. Enviavam fotos suas usando shorts, sorridentes, com os amigos numa paisagem seca e rochosa. Pareciam escoteiros em missão, dava até para dizer que estavam de férias. As meninas não lhes perguntavam nada, como se os "alistamentos" e as "emboscadas" mencionados nos jornais e no rádio dissessem respeito a outras pessoas, não a eles. Achavam natural que eles cumprissem seu dever de meninos e que, como corriam os boatos, precisassem de uma cabra amarrada para satisfazer suas necessidades físicas.

Eles vieram em licença, trouxeram colares, mãos de Fátima e uma bandeja de cobre, e foram embora. Cantaram *le jour où la quille viendra*, ao som da canção de Bécaud, "Le Jour où la pluie viendra".** Por fim, voltaram para suas casas nos quatro cantos

* Referem-se, respectivamente, às montanhas e aos agrupamentos de casas, temporárias ou não, do Norte da África.

** O título da canção, em tradução literal, é "O dia em que a chuva chegar", ao que cantavam "o dia em que a dispensa chegar".

da França, obrigados a fazer outros amigos, que não tinham ido para os confins do Norte da África, que não falavam nem de *fellouzes* nem de *crouillats*,* que eram virgens de guerra. Estavam defasados, emudecidos. Não sabiam se o que tinham feito era bom ou ruim, se deveriam sentir orgulho ou vergonha daquilo.

Não existe nenhuma foto dela no verão de 1958.

Nem sequer do seu aniversário, os dezoito anos que ela comemorou na colônia — a mais jovem de todos os monitores e monitoras —, o aniversário que caiu num dia de folga, de modo que ela tivera tempo de comprar à tarde na cidade garrafas de espumante, biscoito-champanhe e bolinhos Chamonix recheados de laranja, mas pouca gente foi até o quarto dela para beber e beliscar, e eles foram embora rápido — talvez ela já tivesse má reputação, ou simplesmente fosse desinteressante porque não tinha levado nem discos nem vitrola para a colônia.

Será que, entre todas as pessoas que conviveram com ela naquele verão de 1958 na colônia de S., no departamento do Orne, alguém se lembra dela, dessa menina? Provavelmente não.

Esqueceram-se dela como se esqueceram uns dos outros, todos dispersos no fim de setembro, de volta ao liceu, ao curso de magistério, de enfermagem, ao centro de educação esportiva, ou convocados a se juntar ao Exército na Argélia. A

* Maneira pejorativa de se referir, respectivamente, aos rebeldes argelinos que lutavam pela libertação do país e aos árabes do Norte da África.

maioria feliz de ter passado férias lucrativas, em termos pecuniários e morais, cuidando de crianças. Mas ela, provavelmente esquecida mais rápido que os outros, como uma anomalia, uma violação ao bom senso, uma desordem — uma coisa risível, com a qual seria ridículo sobrecarregar a memória. Ausente das lembranças deles do verão de 1958, talvez reduzidas hoje a silhuetas borradas em lugares vagos, à gravura *Combate de pretos numa caverna durante a noite*, de Alphonse Allais, que, ao lado de *Relâche*, de Erik Satie, era a piada favorita deles.

Ausente, portanto, da consciência dos outros, de todas as consciências imbricadas nesse lugar específico no departamento do Orne, nesse verão específico, esses outros que ajuizavam as atitudes, os comportamentos, a sedução dos corpos, do corpo dela. Que a julgavam e a rejeitavam, dando de ombros ou revirando os olhos quando ouviam seu nome — um deles se gabava de ter criado um jogo de palavras com o nome dela e o da vedete belga Annie Cordy: *Annie qu'est-ce que ton corps dit*, Annie, o que seu corpo diz. Hahaha!

Definitivamente esquecida pelos outros, absorvidos pela sociedade francesa ou de algum outro lugar do mundo, casados, divorciados, solitários, avôs e avós aposentados de cabelo grisalho ou tingido. Irreconhecíveis.

Eu também quis esquecer essa menina. Esquecê-la de verdade, isto é, não ter mais vontade de escrever sobre ela. Não pensar mais que preciso escrever sobre ela, seu desejo, sua loucura, sua idiotice e sua altivez, sua fome e sua menstruação interrompida. Nunca consegui.

Com frequência, frases no meu diário, menções à "menina de S.", à "menina de 58". Há vinte anos anoto "58" nos meus projetos de livro. É o texto que sempre falta. Sempre se adia. O buraco inclassificável.

Nunca passei de algumas páginas, só uma vez, num ano em que o calendário correspondia, dia por dia, ao de 1958. No sábado, 16 de agosto de 2003, comecei a escrever "sábado, 16 de agosto de 1958. Estou usando uma calça jeans que comprei de Marie-Claude por cinco mil francos, e que ela comprou na Elda, em Rouen, por dez mil, e um colete azul e branco com listras horizontais. É a última vez que este corpo me pertence". Continuei a escrever todos os dias, rápido, me esforçando para fazer com que o dia em que eu escrevia coincidisse exatamente com o de 1958, registrando em desordem os detalhes que ressurgiam. Era como se essa escrita-aniversário cotidiana, ininterrupta, fosse mais capaz de abolir o intervalo de quarenta e cinco anos, como se, por causa desse "dia por dia" das datas, a escrita me permitisse acessar aquele verão de uma forma tão simples e direta quanto ir de um cômodo a outro.

Não demorou para minha escrita começar a ficar atrasada em relação aos fatos, devido às ramificações incessantes que proliferavam com o fluxo de imagens, palavras. Eu não conseguia conter o tempo do verão de 1958 na agenda de 2003, ele não parava de transbordar. Quanto mais eu avançava, mais sentia que não estava escrevendo de verdade. Eu sabia que essas páginas de inventário precisavam passar para outro estado, mas não sabia qual. Tampouco o procurava. No fundo, eu me demorava no puro prazer de desempacotar lembranças. Recusava a dor da forma. Parei ao fim de cinquenta páginas.

Passaram-se mais de dez anos, onze verões a mais, somando cinquenta e cinco anos de intervalo desde o verão de 1958, com guerras, revoluções, explosões de centrais nucleares, tudo aquilo que já está em vias de esquecimento.

O tempo que tenho pela frente está diminuindo. Haverá um último livro, necessariamente, como há um último amante, uma última primavera, mas nenhum indício de qual será. A ideia de que eu poderia morrer sem ter escrito sobre ela, que muito cedo chamei de "a menina de 58", me assombra. Um dia não haverá mais ninguém para se lembrar. Aquilo que essa menina, e não outra, viveu continuará sem explicação, terá sido vivido em vão.

Não digo luminoso nem novo, muito menos feliz, mas nenhum outro projeto de escrita me parece vital, capaz de me fazer viver acima do tempo. Só "aproveitar a vida" é uma perspectiva insustentável, porque sem um projeto de escrita cada instante parece ser o último.

O fato de eu ser a única que se lembra, como acredito que seja, me encanta. Como se fosse um poder soberano. Uma superioridade definitiva em relação a eles, os outros do verão de 1958, que me foi legada pela vergonha dos meus desejos, dos meus sonhos desatinados pelas ruas de Rouen, a menstruação interrompida aos dezoito anos como se eu fosse uma velha. A grande memória da vergonha, a mais minuciosa, mais intransigente que qualquer outra. Essa memória que, em suma, é o dom especial da vergonha.

Eu me dou conta de que isso que escrevi busca me distanciar do que me retém, do que, como nos pesadelos, me impede de ir em frente. Uma maneira de neutralizar a violência do começo, do salto que estou me preparando para dar a fim de me juntar à menina de 58, ela e os outros, colocá-los todos de volta naquele verão de um ano que está mais distante de hoje do que, na época, estava de 1914.

Olho a foto de identidade em preto e branco, colada dentro do boletim produzido pelo pensionato Saint-Michel de Yvetot para os exames de conclusão, *Ensino Secundário — Línguas Clássicas*. Vejo, levemente de lado, um rosto oval regular, nariz reto, maçãs do rosto discretas, testa grande sobre a qual — certamente para reduzir o tamanho dela — caem, de um jeito curioso, a ponta de uma franja ondulada de um lado e, do outro, uma mecha em formato de pega-rapaz. O resto do cabelo, castanho-escuro, está preso atrás da cabeça num coque. Os lábios esboçam um sorriso que poderia ser descrito como doce, ou triste, ou ambos. Um suéter escuro, de colarinho alto e mangas raglã, cria um efeito austero e alisado de batina. No conjunto, uma menina bonita mal penteada, transmitindo uma impressão de doçura, ou indolência, a quem hoje daríamos mais que os dezessete anos que ela tem.

Quanto mais observo a menina da foto, mais me parece que é ela quem me olha. Será que essa menina sou eu? Eu sou ela? Para que eu seja ela, seria preciso que

eu fosse capaz de resolver um problema de física e uma equação de segundo grau

eu lesse o romance inteiro inserido nas páginas da revista *Bonnes soirées* a cada semana

eu sonhasse em finalmente ir a um "bailinho"

eu fosse a favor da manutenção da Argélia francesa

eu sentisse os olhos cinza da minha mãe me seguindo por todos os lugares

eu não tivesse lido nem Beauvoir, nem Proust, nem Virginia Woolf, nem etc.

eu me chamasse Annie Duchesne.

E, é claro, seria preciso que eu não soubesse nada do futuro, daquele verão de 1958. Seria preciso que de repente eu tivesse uma amnésia em relação à história da minha vida e do mundo.

A menina da foto não sou eu, mas ela não é uma ficção. Não existe no mundo mais ninguém além dela que eu conheça de um modo tão extenso, inesgotável, o que me permite dizer, por exemplo, que

ela foi tirar a foto de identidade no fotógrafo da Place de la Mairie com sua grande amiga Odile, numa tarde das férias de fevereiro

as ondas sobre a testa se devem aos bobes que ela usa à noite, e a doçura do olhar vem da sua miopia — ela está sem os óculos de lente grossa

ela tem no canto esquerdo do lábio uma cicatriz no formato de garra — invisível na foto — por ter caído em cima de uma garrafa quebrada aos três anos

seu colete vem do atacadista Delhoume, de Fécamp, que abastece a loja da mãe com meias, materiais escolares, água-de-colônia etc., cujo representante desembala as malas de amostras em cima da mesa do café duas vezes ao ano, esse representante que, gordo, de terno e gravata, um dia a incomodou quando comentou que ela tinha o mesmo nome que a cantora da moda, aquela que canta "La Fille du cow-boy", Annie Cordy.

E assim por diante, infinitamente.

Mais ninguém, portanto, que tenha deixado minha memória tão saturada, por assim dizer. E tenho apenas a memória dela para descrever a mim mesma o mundo dos anos 1950, os homens de boina de lã no Simca 8 canadense, tração dianteira, "Étoile des neiges", o crime do padre de Uruffe, Fausto Coppi e a orquestra de Claude Luter — para ver as pessoas e as coisas na afirmação de sua realidade primeira. A menina da foto é uma estranha que me legou sua memória.

Não posso dizer, no entanto, que não tenho mais nada a ver com ela, ou melhor, com aquela que ela vai se tornar no próximo verão, como comprova a perturbação violenta que me invadiu quando li *O belo verão*, de Pavese, e *Poeira*, de Rosamond Lehmann, quando assisti a filmes que preciso listar antes de começar a escrever:

Wanda, *Amar é minha profissão*, *Sue Lost in Manhattan*, *A moça com a valise* e *Depois de Lúcia*, a que assisti na semana passada.

A cada vez, é como se eu fosse raptada pela menina da tela, como se me tornasse ela, não a mulher que sou hoje, mas a menina do verão de 1958. É ela que me traga, que suspende minha respiração, me dá a sensação, por um instante, de não existir mais fora da tela.

Aquela menina de 58, que passados cinquenta anos é capaz de surgir e provocar um colapso interior, vive, portanto, em mim com sua presença escondida, irredutível. Se o real é aquilo que age, produz efeitos, segundo a definição do dicionário, essa menina não sou eu, mas ela é o real em mim. Uma espécie de *presença real*.

Diante disso, será que preciso fundir a menina de 58 e a mulher de 2014 num "eu"? Ou, de acordo com aquilo que me parece ser não o mais preciso — avaliação subjetiva —, e sim o mais aventuroso, dissociar uma da outra utilizando "ela" e "eu", para ir o mais longe possível na exposição dos fatos e dos atos. E o mais cruelmente possível, como quando, por trás da porta, escutamos as pessoas falarem de nós dizendo "ela" ou "ele", e naquele instante temos a sensação de que vamos morrer.

MESMO SEM FOTO EU A VEJO, Annie Duchesne, ao desembarcar do trem de Rouen em S. no começo da tarde de 14 de agosto. O cabelo está puxado para trás num coque vertical. Ela usa óculos de míope que diminuem seus olhos, mas sem os quais ela se move na neblina. Está vestindo um casaco três-quartos de lã azul-marinho — que era bege, dois anos antes, e foi cortado e tingido —, uma saia reta de tweed grosso — também reformada a partir de outra — e um suéter listrado estilo marinheiro. Na mão, uma mala cinza — nova, de seis anos antes, comprada para uma viagem para Lourdes com o pai e desde então sem uso — e uma bolsa plástica azul e branca em formato de balde, comprada na semana anterior no mercado de Yvetot.

A chuva que bateu no vidro do compartimento durante todo o trajeto parou. Faz sol. Ela está morrendo de calor em seu casaco de lã, sua saia grossa de inverno. Vejo uma menina interiorana de classe média, alta e robusta, com aparência de estudiosa, vestida com roupas "feitas à mão" com tecidos resistentes e encorpados.

A seu lado vejo a silhueta menor, quadrada, de uma mulher na casa dos cinquenta anos, que "causa boa impressão", de terno, cabelos ruivos em permanente, uma postura autoritária. Vejo minha mãe, sua expressão, uma mistura de ansiedade, desconfiança e contrariedade, sua expressão costumeira de mãe "de orelha em pé".

Sei o que essa menina sente nesse exato momento, conheço o desejo dela, o único que existe dentro de si: que a mãe dê no pé e pegue o trem no sentido contrário. Ela está explodindo de ressentimento e vergonha por ser vista na companhia da mãe — que, com a desculpa da troca de trem em Rouen, impediu que ela viajasse sozinha —, por ser levada à colônia como uma garotinha, sendo que fará dezoito anos dali a quinze dias e foi contratada como monitora.

Eu a vejo, não a escuto. Não existe nenhum registro da minha voz de 1958, e a memória transcreve de maneira muda as palavras que nós mesmos pronunciamos. Impossível dizer se eu ainda tinha as entonações arrastadas dos normandos, esse sotaque do qual eu pensava ter me livrado, em comparação com todos os meus antepassados.

O que posso dizer dessa menina, pouco antes que o motorista da colônia parasse em frente à estação, que ela entrasse no carro depois de beijar rapidamente a mãe para lhe impedir a vontade manifesta de ir junto, deixando-a desconcertada na calçada, o abatimento estampado no rosto desfeito pela viagem? Ela não liga para isso, assim como não ligou ao saber que, logo depois, a mãe precisou dormir num hotel em Caen, por não haver viagem para Rouen à noite, certamente pensando que a mãe merecia isso, que deveria tê-la deixado ir sozinha para S.

O que escolher então para dizer dela, o que define seu modo de existir ali, naquela tarde de agosto sob o céu movimentado do Orne, com a ignorância daquilo que, três dias depois, estará para sempre atrás de si, bem nesse momento sem densidade, que se dissipou há mais de cinquenta anos?

Que coisas, porém, poderiam ser consideradas uma explicação — mas não apenas — do que vai acontecer e talvez não fosse acontecer se ela não tivesse tirado os óculos, soltado o cabelo do coque, deixando-os esvoaçar sobre os ombros, gestos no entanto previsíveis longe do olhar materno?

O que me ocorre espontaneamente: tudo nela é desejo e altivez. Ela espera viver uma história de amor.

Tenho vontade de parar aqui, como se nada mais precisasse ser dito, como se aqui estivesse tudo o que há para saber na sequência. É uma ilusão romanesca, uma boa definição para uma heroína de ficção. É preciso continuar, definir o terreno — social, familiar e sexual — onde nesse momento florescem seu desejo e sua altivez, sua espera, buscar os motivos da altivez e as causas do sonho.

Dizer: é a primeira vez que ela está longe dos pais. Ela nunca havia saído do buraco de onde veio.

Fora a viagem de ônibus para Lourdes com o pai, quando ela tinha doze anos, fora o ritual de passar o dia em Lisieux todos os verões, onde, depois da devoção da manhã no Carmelo e na basílica, o motorista do ônibus deixava os peregrinos na praia de Trouville, desde a infância a vida dela se desenrola entre o comércio-de-alimentação-café-mercearia dos pais e o pensionato Saint-Michel, mantido por freiras, num percurso idêntico que ela, por não ser aluna interna, faz duas vezes por dia. Nas férias ela fica em Yvetot, lendo no jardim ou no quarto.

Filha única, superprotegida — por ter nascido depois de uma primeira filha, morta aos seis anos, e por ela mesma quase ter morrido de tétano aos cinco —, o lado de fora, que não lhe é proibido, é objeto de receio (do pai) e suspeita (da mãe). Para sair, ela precisa da salvaguarda de uma prima mais velha ou de uma colega de classe. Nunca teve autorização para ir a um bailinho. Dançou pela primeira vez apenas três meses antes, na festa de Carnaval na tenda instalada na Place des Belges, e a mãe a vigiava de sua cadeira.

Enumerar suas ignorâncias sociais seria uma tarefa sem fim. Ela não sabe telefonar, nunca tomou banho de chuveiro nem de banheira. Não tem nenhuma experiência em outros contextos sociais além do seu, popular, de origem camponesa, católico. A essa distância temporal, ela me parece canhestra e constrangida, até mal-educada, com grande insegurança de como falar e se comportar.

Sua vida mais intensa acontece dentro dos livros, que ela devora desde que aprendeu a ler. É através deles e das revistas femininas que ela conhece o mundo.

Em casa, em seu território, a filha da dona da mercearia — como o bairro a chama — pode tudo. Serve-se à vontade dos potes de doces e das caixas de bolachas, fica lendo na cama até o meio-dia durante as férias, nunca põe a mesa nem engraxa os próprios sapatos. Ela vive e se comporta como uma rainha.

Com a altivez de uma rainha. Que advém menos de sua posição de primeira aluna da classe — uma espécie de estado natural seu — ou da declaração da diretora, irmã Marie de l'Eucharistie, para quem ela era "a glória do pensionato", e mais das suas aulas de matemática, latim, inglês, redação, coisas que ninguém do seu entorno faz a menor ideia do que sejam. De ser a exceção, reconhecida como tal por todo o resto da família operária, que nas festas deseja "que ela continue assim", com o "dom" de aprender.

Altivez por causa de sua diferença:

escutar Brassens e The Golden Gate Quartet na vitrola, em vez de Gloria Lasso e Yvette Horner

ler *As flores do mal* em vez da revista *Nous deux*

manter um diário íntimo, copiar poemas e citações de escritores

questionar a existência de Deus, ainda que nunca falte à missa e comungue nos feriados religiosos. Talvez ela esteja em uma zona indecisa, intermediária, entre a crença e a descrença, pouco a pouco desfazendo-se da lenda, mas apegada à reza, aos rituais da missa e dos sacramentos.

Altivez por causa dos seus desejos, como se fossem um direito decorrente dessa diferença:

ir embora de Yvetot, escapar do olhar da mãe, da escola, da cidade inteira, e fazer o que quiser: ler a noite toda, se vestir de preto como Juliette Gréco, frequentar cafés de estudantes e dançar no La Cahotte, na Rue Beauvoisine, em Rouen

entrar em um mundo desconhecido, que se tornou para ela ao mesmo tempo desejável e intimidador, graças aos indícios fornecidos pelas alunas ricas do pensionato — discos de Bach, biblioteca, assinatura da revista *Réalités*, jogos de tênis, xadrez, teatro, banheiros —, o que no entanto a impede de convidá-las para ir à sua casa, onde não há nem sala de estar nem sala de jantar, só uma cozinha minúscula enfiada entre o café e a mercearia, com o vaso sanitário no pátio — um mundo onde ela imagina que as pessoas falem de poesia e literatura, do sentido da vida e da liberdade, como em *A idade da razão*, o romance de Sartre no qual ela viveu durante todo o mês de julho, quando ela se tornou Ivich.

Ela não tem um eu definido, mas alguns "eus" que vão de um livro para o outro.

Sei que ela vive com a certeza intrépida de sua inteligência, de seu poder manifesto por seu um metro e setenta, seu corpo bem torneado, cheio de nádegas e coxas. Com uma fé abstrata em relação ao futuro, que ela imagina como a pintura *Escada vermelha*, de Soutine, da qual recortou uma reprodução na revista *Lectures pour tous*.

Eu a vejo chegando na colônia como uma potra que fugiu do cercado, sozinha e livre pela primeira vez, um pouco receosa. Ávida por conhecer seus semelhantes, aqueles que ela imagina serem seus semelhantes. Que a reconhecerão como sua semelhante.

A mãe sempre a manteve longe dos meninos como o diabo da cruz. Ela sonha com isso sem parar desde os treze anos. Não sabe falar com eles, fica se perguntando como fazem as outras meninas que ela vê conversando com eles nas ruas de Yvetot. Faz poucos meses que ela beijou um aluno da Escola de Agricultura pela primeira vez, insistiu nesse namorico sem palavras — ele também não fala — ao custo de mil artimanhas para driblar a vigilância da mãe: perder boa parte da missa, inventar a desculpa de uma espera interminável no dentista etc. Ela pôs fim na história pouco antes dos exames finais, com medo de um castigo inexplicável.

Ela nunca viu nem tocou o sexo de um homem.

(Uma lembrança que dá a dimensão de sua ignorância: uma menina da classe mostrou para ela, rindo, uma citação de Claudel na agenda católica fornecida pelo pensionato: "Não existe felicidade maior para o homem do que dar tudo de si". Ela não entendeu onde estava a obscenidade.)

Ela morre de vontade de fazer amor, mas só por amor. Conhece de cor a passagem de *Os miseráveis* sobre a primeira noite de Cosette e Marius: "No limiar das noites de núpcias há um anjo de pé, sorrindo, com um dedo nos lábios. A alma entra em contemplação diante desse santuário no qual se celebra o amor".*

O que fazer para recuperar a imaginação em torno do ato sexual, o modo como ela flutua dentro desse eu no limiar da colônia?

Como ressuscitar essa ignorância absoluta e essa espera do que, naquele momento, corresponde a todo o desconhecido e o maravilhoso da vida — o grande segredo sussurrado desde a infância, mas que não é nem descrito, nem mostrado em lugar nenhum? Esse ato misterioso que faz adentrar o banquete da vida, o essencial — meu Deus, não posso morrer antes disso — e sobre o qual pesam a proibição e o terror das consequências naqueles anos de tabelinha, os piores por espelharem a tentação de oito dias de "liberdade" por mês antes da menstruação.

Minha memória falha ao tentar restituir o estado psíquico criado pela imbricação do desejo e do proibido, a espera de uma

* Victor Hugo, *Os miseráveis*. Trad. de Frederico Ozanam Pessoa de Barros. São Paulo: Penguin-Companhia das Letras, 2017, p. 1794.

experiência sagrada e o medo de "perder minha virgindade". A força inaudita do significado dessa expressão se perdeu em mim e na maior parte da população francesa.

Ainda não cruzei o pórtico de entrada da colônia. Não consigo seguir em frente nesse esforço de captar a menina de 58, como se eu quisesse "criar seu perfil" da maneira mais minuciosa possível, como se nunca fossem suficientes as determinações psicológicas e sociais, os traços do desenho, sob o risco de torná-lo indecifrável, quando eu poderia resumir em "a boa aluna de uma escola religiosa do interior, oriunda de uma família modesta e que aspira a uma vida boêmia intelectual e burguesa". Ou ainda, adotando a linguagem das revistas, "uma menina que cresceu com amor-próprio", variação de "uma menina cujo narcisismo não conheceu limites". Não sei se a menina que entra no carro com destino à colônia se reconheceria nisso. Ela não fala de si nem pensa a seu respeito dessa maneira, com certeza, mas talvez com as palavras de Sartre e de Camus sobre liberdade e revolta. Sei que o que a invade nessa hora é principalmente nervosismo, por ela nunca ter cuidado de crianças e ter sido aceita na colônia sem nenhuma formação de monitora, por não ter a idade exigida — dezoito anos completos — para realizar o estágio preparatório.

Diante da incapacidade de reencontrar sua linguagem, todas as linguagens que compõem seu discurso interior — que é inútil tentar reconstituir, como achei que seria possível ao escrever *Ce qu'ils disent ou rien* [O que eles dizem ou nada] —, posso ao menos oferecer uma amostra dele nas cartas endereçadas a uma amiga de escola, que saíra do pensionato no ano anterior, cartas que ela me devolveu em 2010. Todas elas começam com *Marie-Claude querida* ou *Darling* e terminam com *Bye-bye* ou *Tchao*, como faziam as estudantes. Nas cartas dos meses anteriores à chegada na colônia, há:

"É com alegria que vou embora dessa redoma [o pensionato], onde morremos de frio, de tédio, de asfixia" e "essa cidade horrível de Yvetot".

"Para provocar inveja nas freirinhas, uso tranças, esmalte e blusas sem cinto."

"É maravilhoso ser jovem! Não tenho pressa nenhuma em me enfiar atrás das grades do casamento."

A menina de 58 gosta de tudo aquilo que lhe parece "emancipado", "moderno", "na moda" e desaprova as "meninas de princípios", "bobinhas", ou aquelas que "procuram um marido com muita grana".

Ela "adora" escrever redações e copia seus temas para a amiga. Rabelais é um enigma? Boileau disse "Ame a razão" e Musset, "Perca a razão!" etc.

O conteúdo da correspondência gira exclusivamente em torno da vida escolar e de leituras (Sagan, Camus, *O homem revoltado* descrito como "árduo"), do futuro e da vida em geral. O tom é vibrante, exaltado. A declaração de que "a vida vale ser vivida" se repete com frequência. Sobre a festa a que ela foi no Carnaval de Yvetot: "Num turbilhão frenético, senti pela primeira vez uma espécie de felicidade espantosa e cheguei a pensar alto, porque falei 'Eu sou feliz'".

Não há nada sobre seus pais.

Sem dúvida nenhuma, por mais sinceras que me pareçam, essas cartas estão impregnadas do desejo de revelar a Marie-Claude — convertida em um modelo de dar inveja, mediadora de um mundo evoluído, graças à fantasia, ao desrespeito pela autoridade, à leitura de romances contemporâneos gastos na biblioteca do pai dela, um engenheiro — uma similitude de gostos, de sensações e posturas em relação aos outros e à vida.

É sobretudo nos poemas e nas frases dos escritores, cuidadosamente copiados numa agenda de 1958 de capa dura vermelha — uma agenda comercial grande, presenteada por um fornecedor de queijos e que guardei nas minhas mudanças de casa —, que tenho uma probabilidade maior de captar os fragmentos do meu discurso interior. É ali que a menina dessa época se descreve, indiretamente, nas palavras que tentam desenhar sua pessoa acima da platitude e da brutalidade — segundo ela — da linguagem do seu meio social.

Ao lado de uns vinte poemas de Prévert, alguns de Jules Laforgue, de Musset e de versos isolados:

A vida me veio como um tapa
E como quem assovia para uma desconhecida
Eu a segui, sem conhecê-la (Pierre Loizeau).

Frases de Proust, todas sobre a memória, extraídas de *A história da literatura francesa*, de Paul Crouzet. Outras, que esqueci de onde vêm:

A única felicidade real é aquela que percebemos quando a estamos vivendo (Alexandre Dumas, filho).

Cada desejo me enriqueceu mais do que a posse sempre falsa do meu objeto de desejo (André Gide).

Essa é a menina que vai entrar na colônia.

Ela é real fora de mim, seu nome está inscrito nos registros do sanatório de S., caso eles tenham sido conservados. Annie Duchesne. Meu nome de solteira, o patronímico que eu achava estridente demais, do qual eu não gostava talvez por vir do *lado ruim*, segundo minha mãe, e porque eu preferia o dela, Duménil, suave e abafado. Duchesne, esse nome que seis anos depois perdi com leveza, talvez alívio, na prefeitura de Rouen, afiançando de uma só vez minha transferência para o mundo burguês e o apagamento de S.

Real também esse lugar, que ao longo dos anos se tornou na minha memória uma espécie de castelo, mistura daquele de *O bosque das ilusões perdidas* com o de *O ano passado em Marienbad*, e que não consegui encontrar de novo, no outono de 1995, voltando de carro de Saint-Malo, quando fui obrigada a estacionar na rua principal de S. e perguntar a uma balconista como chegar ao sanatório, e depois, devido a sua expressão hesitante, como se nunca tivesse ouvido essa palavra, especificar "o antigo instituto médico-pedagógico, acho", para que ela me indicasse o caminho. Esse lugar que só hoje, estarrecida, descubro na internet se tratar de uma abadia fundada na Idade Média, demolida, reconstruída, transformada ao longo dos séculos. Só pode ser visitada nos dias de celebração do patrimônio.

Nas imagens atuais do lugar não há nenhum vestígio da antiga função de sanatório, que se transformava no verão em uma grande "colônia sanitária", capaz de receber em duas levas sucessivas centenas de crianças enfraquecidas ou "problemáticas", supervisionadas por cerca de trinta monitores, dois professores de ginástica, um médico e enfermeiras. Por outro lado, não há nenhuma referência ao caráter histórico do lugar nesse cartão-postal enviado no fim de agosto de 1958 para Odile — a outra amiga próxima do pensionato, próxima de um jeito diferente do de Marie-Claude, porque ela é filha de camponeses e tem uma conivência social tão profunda com a menina da mercearia que não é preciso nem pensar, basta usar entre si, e rindo, as palavras do patoá. Nesse cartão-postal, que Odile xerocou para mim alguns anos atrás, eu vejo, de cima, um corpo imponente de construções antigas, de aspecto austero, de pedra ligeiramente ocre, constituído de três alas diferentes em altura e comprimento, em forma de um T deitado, com a barra perpendicular deslocada para a direita. A ala menor lembra uma capela. Na entrada, o pórtico, monumental, é flanqueado por duas portarias. O conjunto parece datar de épocas diferentes, com prevalência do século 18. Uma quadra esportiva se encaixa entre duas alas. À esquerda do pórtico, prédios pequenos como as construções do pós-guerra. À direita há um parque de limites não visíveis, um muro contorna toda a parte da propriedade que se vê na foto. No verso: Sanatório de S... — Orne.

Ao fazer Annie Duchesne entrar ali, naquele 14 de agosto de 1958, sou atormentada por uma crise de torpor, que costuma ser o presságio de uma renúncia a escrever diante de dificuldades que não sei bem definir. Não é que faltem lembranças: ao contrário, preciso me segurar para não deixar as imagens — um quarto, um vestido, a pasta de dentes Émail Diamant: a memória é uma aderecista alucinada — se encadearem umas nas outras e me tornarem espectadora fascinada de um filme sem significado. Em vez disso, estou diante deste problema: captar e entender o comportamento dessa menina, Annie D., sua felicidade e seu sofrimento, localizando-os em relação às regras e crenças da sociedade de meio século atrás, a uma normalidade óbvia para todo mundo, exceto uma pequena parcela marginal da sociedade mais "evoluída", à qual nem ela nem os outros da colônia pertencem.

Os outros.

Digitei nome e sobrenome deles nas páginas amarelas on-line. Primeiro os dos meninos. No caso dos sobrenomes mais comuns, com a multiplicidade de ocorrências do mesmo nome, era a mesma coisa que não encontrar nada. Nenhum indício para saber qual desses Jacques R. estava na colônia no verão de 1958. A identidade deles se dissolvia na massa. Alguns sobrenomes com residência na Baixa Normandia me convenceram, talvez incorretamente, de estarem relacionados aos que já viviam lá em 1958, pelo que eu me lembrava. Assim, eles nunca teriam migrado para fora do território de sua juventude. Essa descoberta me perturbou. Era como se tivessem permanecido os mesmos por terem se fixado a um lugar, como se sua identidade geográfica garantisse a permanência de seu ser.

Testei o sobrenome das meninas. Nenhum me pareceu confiável, quase todas deviam ter mudado de sobrenome ao casar, como eu, e não ter aproveitado a sugestão gentil do anuário: "Informe seu nome de solteira e seja encontrada com mais facilidade por seus antigos conhecidos".

Ampliei minha busca no Google. Em "Colegas de antigamente", identifiquei com certeza Didier D., antigo aluno da escola veterinária de Maisons-Alfort, e, sem tanta certeza, Guy A., do Norte, que aparecia em diferentes sites de esporte de Lille e da região dele.

Voltei ao anuário, digitei novamente os sobrenomes, fascinada diante da tela como que à beira de um limbo cintilante de onde eu tentasse tirar, um por um, os seres engolidos desde o verão de 1958.

Será que eram eles, essas pessoas assinaladas pela France Télécom com um círculo azul num mapa? Eram eles sob a mancha escura de um telhado que, na ampliação máxima, revelava uma foto aérea circulada como um alvo pelo mesmo círculo pequeno e azul de localização?

Flertei com a ideia de telefonar para eles, até para os que eu não sabia se eram mesmo eles, alegando estar fazendo uma pesquisa sobre as colônias de férias dos anos 1950 e 1960. Imaginei que me passaria por uma jornalista, faria perguntas. Você esteve em S. no verão de 1958? Você se lembra dos outros monitores? De H., o monitor-chefe? E de uma monitora, enfim, monitora por pouco tempo, logo transferida para a recepção da enfermaria, que se chamava Annie Duchesne? Uma menina grandona, de cabelo castanho comprido e óculos? Você poderia contar alguma coisa sobre isso? Eles provavelmente perguntariam por que eu estava interessada nessa menina. Ou diriam que era engano. Ou desligariam na minha cara.

Depois me perguntei por que eu queria fazer isso, o que estava procurando. Não era para verificar que não tinham nenhuma lembrança de Annie D., muito menos — uma hipótese aterradora — que tinham alguma. No fundo queria só uma coisa, ouvir a voz deles, ainda que a chance de reconhecimento fosse pequena, ter uma prova física, sensível, da existência deles. Como se eu precisasse que eles estivessem vivos para continuar a escrever. Precisasse escrever sobre o que está vivo, exposta ao perigo do que está vivo, e não com a tranquilidade conferida pela morte das pessoas, reduzidas à imaterialidade dos seres fictícios. Fazer da escrita uma tarefa insuportável. Expiar o poder de escrever — não a facilidade, ninguém acha escrever mais difícil do que eu — por meio do terror imaginário das consequências.

A menos que, pensando bem, se trate do desejo perverso de confirmar a existência deles para comprometê-los na minha empreitada de desvelamento, para ser seu Juízo Final.

Agora ela entrou. O que ela havia imaginado sobre o sanatório nas semanas anteriores naturalmente se desfez na hora, diante da escada monumental de pedra, do refeitório comprido com pilares, dos dormitórios imensos com um pé-direito vertiginoso, do corredor estreito, escuro, no alto, onde se enfileiravam as portas dos quartos destinados aos monitores. No seu quarto, o último no fundo, a monitora com quem ela precisa dividi-lo — Jeannie, de cabeleira castanha crespa abundante, óculos grossos de armação preta — já pegou a cama perto da janela e arrumou suas coisas na sua metade do armário. A confiança disfarçada de exuberância que eu via nela na calçada em frente à estação a abandonou. À medida que conhecia as meninas que chegavam, parecia-lhe que todas se comportavam com desenvoltura e determinação, sem se surpreender com nada.

Tudo é novo para ela.

Na primeira noite ela não dormiu, incomodada com a respiração da colega de quarto, que caíra no sono imediatamente. Ela nunca dormiu com alguém que não conhecesse. O quarto lhe parece pertencer mais à colega que a ela.

Os outros vêm de liceus e escolas de magistério. Muitos já têm emprego. Alguns meninos e meninas trabalham como educadores o ano todo no sanatório. Ela é a única que veio de uma instituição religiosa. Claro que abomina o pensionato Saint-Michel, mas não tem nenhuma experiência num mundo laico onde, por exemplo, 15 de agosto é um dia como todos os outros, o dia em que as crianças chegam na colônia, e é a primeira vez que ela não irá à missa no Dia da Assunção. No primeiro almoço perguntaram para ela, qual a sua fita? Depois de um momento de hesitação — para ela, "fita" era fita, ou uma gíria para filme —, responde, vou no liceu Jeanne-d'Arc, em Rouen. Quiseram saber se ela conhecia essa ou aquela menina, então ela foi obrigada a confessar que tinha acabado de se matricular para o próximo ano, que até então frequentava uma escola religiosa.

A convivência com os meninos a desconcerta. Ela não está preparada para relações de simples camaradagem entre meninos e meninas contratados para o mesmo trabalho. É uma situação nova. No fundo, ela só conhece o embate popular como maneira de falar com os meninos, defensivo e instigante ao mesmo tempo, com provocações e zombarias nas ruas, onde eles ficam seguindo as meninas. Na reunião antes da chegada das crianças, percorrendo com os olhos os quinze meninos, ela não identificou nenhum que correspondesse a seu sonho de uma história de amor.

Duas imagens dos primeiros dias:

No gramado ensolarado, na hora do almoço, diante das portas do refeitório, sob o comando do diretor, elegante em sua jaqueta e sua calça cáqui, as cem crianças reunidas cantam, primeiro baixinho, depois cada vez mais alto até virar um estrondo que provoca arrepios, antes de baixarem o tom de novo até se tornar um murmúrio que mal se ouve, *Papa! Maman! Cet enfant n'a qu'un œil! Papa! Maman! Cet enfant n'a qu'une dent! Ah! Mon Dieu qu'c'est embêtant d'avoir un enfant* *qui n'a qu'un œil. Ah! Mon Dieu qu'c'est embêtant d'avoir un enfant qui n'a qu'une dent.**

Na grama do parque, doze adolescentes de uniforme, pulôver e shorts azuis dançam de braços dados, no centro uma monitora loira de rabo de cavalo que os conduz animadamente, um passo ora à direita, ora à esquerda, cantando *Mes godasses, mes godasses, sont pleines de trous/ Je suis zazou, je suis zazou.***

Leio, na tenacidade dessas imagens, a fascinação da menina de 58 por um mundo rigorosamente organizado, regulado pelo som de apitos, ritmado por canções militares num clima festivo de liberdade. Uma sociedade em que todo mundo, do diretor às enfermeiras, tem um humor jovial, onde os adultos, pela primeira vez, lhe parecem suportáveis. Uma espécie de mundo ideal fechado em si, onde todas as necessidades são atendidas com uma abundância, uma abastança de comida, jogos e atividades, inimaginável em seu pensionato de Yvetot.

Leio seu desejo de se adaptar a esse novo ambiente, mas também o receio difuso de não conseguir, de nunca alcançar o modelo da monitora loira — ela não conhece nenhuma canção sem Deus. (O alívio quando descobre no segundo dia que não

* Em tradução livre: "Papai! Mamãe! Essa criança só tem um olho! Papai! Mamãe! Essa criança só tem um dente! Ah! Meu Deus, como é chato ter uma criança que só tem um olho. Ah! Meu Deus, como é chato ter uma criança que só tem um dente". (N.T.)

** Em tradução livre: "Meus sapatos, meus sapatos, estão cheios de furos/ eu sou páreo duro, eu sou páreo duro". *Zazou* dá nome aos jovens parisienses abastados que se identificavam com uma contracultura ligada ao jazz e aos Estados Unidos, tanto no entreguerras quanto na França ocupada pelos nazistas; num momento de ordem e racionamento militar, o comportamento desafiador e cínico desse grupo ditava, por exemplo, o uso de cabelos compridos, roupas largas e sofisticadas. (N.T.)

será responsável por nenhum grupo, será uma "monitora volante", isto é, substituta dos monitores nos dias de folga deles.)

Faz três dias que ela está na colônia. É sábado à noite. Nos dormitórios, todas as crianças foram deitar. Eu a vejo como a vi depois, dezenas de vezes, descendo com sua colega de quarto os lances de escada, de jeans, um colete azul-marinho, sandálias brancas de tiras. Ela guardou os óculos e desfez o coque, o cabelo comprido esvoaçando em suas costas. Está numa excitação extrema, é o primeiro bailinho.

Não sei mais se já tocava música quando elas chegaram no porão, que ficava fora do prédio central, talvez debaixo da enfermaria ou em outro local. Nem se ele já estava ali, no meio das pessoas ocupadas escolhendo discos em volta da vitrola. Mas com certeza ele foi o primeiro a convidá-la para dançar. Era um rock. Ela está encabulada por dançar tão mal (é possível que tenha lhe dito isso, para se desculpar). Ela rodopia a passos largos, guiada pela mão dele, suas sandálias fazem clac-clac no chão de cimento do porão. Ela está inquieta porque ele não para de observá-la intensamente enquanto a faz girar. Ela nunca foi observada com olhos tão penetrantes assim. Ele é H., o monitor-chefe. Ele é alto, loiro, forte, com um pouco de barriga. Ela não se pergunta se gosta dele, se o acha bonito. Ele parece um pouco mais velho que os outros monitores, mas para ela não é um menino, é homem-feito, mais pelo cargo do que pela idade. Como sua versão feminina, a monitora-chefe L., ele está para ela no time dos que comandam. Inclusive mais cedo ela almoçou na mesma mesa que ele, intimidada, muito incomodada porque não sabia como comer direito o pêssego da sobremesa. Nem por um segundo ela imaginou que ele poderia se interessar por ela, está perplexa.

Enquanto dança, ele recua até a parede, ainda observando-a. A luz se apaga. Ele a puxa violentamente contra seu peito, esmaga a boca dela na sua. As reclamações irrompem na escuridão, alguém acende a luz de novo. Ela entende que foi ele quem apertou o interruptor. Ela é incapaz de levantar a vista e olhar para ele, num desespero delicioso. Não consegue acreditar no que está acontecendo com ela. Ele cochicha, vamos sair daqui? Ela diz sim, eles não podem ficar juntos na frente dos outros. Estão do lado de fora, caminham abraçados ao longo dos muros do sanatório. Faz frio. Perto do refeitório, na frente do parque escuro, ele a prende contra o muro, se esfrega nela, ela sente o sexo dele contra sua barriga através do jeans. Ele está indo rápido demais, ela não está pronta para tanta pressa, tanto entusiasmo. Ela não sente nada. Está subjugada por esse desejo que ele sente por ela, um desejo de homem sem freios, selvagem, sem relação com o homem do flerte lento e cuidadoso da primavera. Ela não pergunta para onde estão indo. Em que momento ela entendeu que ele a levava para um quarto, talvez ele tenha falado?

Estão no quarto dela, no escuro. Ela não enxerga o que ele está fazendo. Neste minuto ela ainda acha que vão continuar na cama se beijando e se acariciando por cima da roupa. Ele diz "Tira a roupa". Desde que ele a convidou para dançar, ela tinha feito tudo o que ele pediu. Não existe diferença entre o que está acontecendo com ela e o que ela faz. Ela deita ao lado dele, nua, na cama estreita. Ela não tem tempo de se acostumar com a nudez completa dele, seu corpo de homem nu, sente imediatamente a enormidade e a rigidez do membro que ele empurra entre as coxas dela. Ele força. Ela sente dor. Ela diz que é virgem, como uma defesa ou uma explicação. Grita. Ele a repreende:

“Eu ia gostar mais se você gozasse em vez de berrar!”. Ela queria estar em outro lugar, mas não sai dali. Está com frio. Poderia levantar, acender a luz, pedir para ele se vestir e ir embora. Ou poderia se vestir, deixá-lo ali e voltar para o bailinho. Ela poderia ter feito isso. Eu sei que essa ideia não lhe ocorreu. É como se fosse tarde demais para voltar atrás, como se as coisas devessem seguir seu curso. Como se ela não pudesse abandonar esse homem nesse estado que ela provocou nele. Com esse desejo furioso que ele sente por ela. Ela não cogita que ele não a tenha escolhido — eleito — dentre todas as outras.

A sequência se desenrola como um filme pornô em que a parceira do homem está fora do ritmo, não sabe o que fazer porque não sabe o que vem na sequência. Ele é o único mestre da situação. Está sempre um passo à frente. Ele a escorrega por debaixo de sua barriga, a boca no pau dele. Na mesma hora a explosão de um jato espesso de esperma lhe atinge, respingando nas narinas. Não faz nem cinco minutos que entraram no quarto.

Não consigo encontrar na minha memória nenhum sentimento, muito menos um pensamento. A menina na cama assiste ao que está acontecendo com ela e que uma hora antes ela jamais imaginou que viveria, e isso é tudo.

Ele acende a luz, pergunta qual dos dois sabonetes, dispostos à direita e à esquerda da pia, é o dela, esfrega seu sexo com ele, a esfrega também. Eles sentam de novo na cama. Ela lhe oferece chocolate com avelã, que trouxe da mercearia, ele ri, melhor comprar uísque quando você receber o pagamento! É um álcool chique que seus pais não vendem, e de todo modo ela odeia álcool.

Sua colega de quarto vai chegar a qualquer momento do bailinho. Eles se vestem. Ela o segue para o quarto dele, que é só dele, por ser monitor-chefe. Ela abriu mão de qualquer vontade, está completamente entregue à dele. À sua experiência de homem. (Em nenhum momento ela estará nos pensamentos dele. Ainda hoje isso é um enigma para mim.)

Não sei em que momento ela, não que tenha se resignado, mas consentiu em perder a virgindade. Quis perdê-la. Ela colabora. Não lembro quantas vezes ele tentou penetrá-la e ela o chupou porque ele não conseguia. Ele admitiu, para desculpá-la: "Sei que é grande".

Ele repete que queria que ela gozasse. Ela não consegue, ele apalpa o sexo dela forte demais. Talvez ela conseguisse se ele acariciasse o sexo dela com a boca. Ela não lhe pede isso, uma menina não pode pedir uma coisa vergonhosa assim. Ela só faz aquilo que ele tem vontade.

Não é a ele que ela se submete, é a uma lei indiscutível, universal, a lei de uma selvageria masculina à qual, mais dia menos dia, ela teria de se submeter. Essa lei é brutal e indecente, e é assim que as coisas são.

Ele fala palavras que ela nunca escutou, que a fazem passar do mundo dos adolescentes que dão risadinhas discretas com obscenidades cochichadas para aquele dos homens, palavras que representam para ela sua entrada no mundo puramente sexual:

Esta tarde me masturbei.

Só tem sapatão lá na sua escola, né?

Ele está com vontade de conversar, e eles conversam tranquilamente, abraçados, olhando para a janela na parede coberta de desenhos infantis. Ele vem do departamento do Jura, é professor de ginástica em uma escola técnica de Rouen, tem uma noiva. Ele tem vinte e dois anos. Eles estão se conhecendo. Ela diz que tem quadril largo. Ele responde: "Você tem quadril de mulher". Ela está contente. Tornou-se uma relação normal. Eles precisam dormir um pouco.

Amanheceu, ela volta para seu quarto. Assim que saiu de perto dele, foi invadida por toda a incredulidade em torno do que acontecera. Ela ficou em estupor, atormentada também pela embriaguez do acontecimento que precisava ser enunciado, formulado, para se tornar real. Que a obrigava a contar tudo. Para sua colega de quarto, que já tomou banho e se vestiu para descer para o café da manhã, ela diz: fui para a cama com o monitor-chefe.

Não sei mais se já lhe ocorria o pensamento de que sua primeira noite havia sido "uma noite de amor".

É a primeira vez que reconstituo essa noite de 16 para 17 de agosto de 1958 experimentando uma satisfação profunda ao fazer isso. Parece que não consigo me aproximar mais da realidade, que não era nem horror, nem vergonha. Apenas a obediência ao que está acontecendo, a ausência de significado naquilo que está acontecendo. Não consigo ir mais longe nessa espécie de migração voluntária dentro da minha pessoa de quase dezoito anos, nisso que viria na sequência, o domingo que já tinha começado, e ela ignorava.

Almoço, a barulheira do refeitório, ela está sentada na ponta de uma mesa supervisionando uma dúzia de menininhos que gritam. Não consegue engolir nenhum dos legumes pretos e viscosos do seu prato (berinjelas, que ela nunca comeu). Acho que ela está com o peito pesado desde que entrou no porão, na noite da véspera. Ela o vê surgir entre os pilares do refeitório, inspecionando enquanto caminha entre as mesas. Ele para na outra ponta da mesa dela, fica à sua frente entre as duas fileiras paralelas de crianças, observa-a sem dizer uma palavra. Ela não o viu de novo depois da noite. Ela vê esse olhar — colocou os óculos de volta — vindo de cima, cobrindo-a, querendo obrigá-la a se lembrar do que ela fez nessa noite. Ela baixa os olhos, não consegue suportar esse olhar protuberante, é uma criança culpada no meio dos outros garotos. (Bem mais tarde vou me censurar por não ter sustentado seu olhar carregado da memória da noite, da cumplicidade que ele certamente esperava como resposta e que a menina daquela manhã é incapaz de interpretar.)

Não consigo escrever a sequência cronológica se não for pulando de uma imagem para outra, de uma cena para outra, cuja duração real não deve ter passado de alguns minutos, talvez segundos, mas que foi desmesuradamente distendida na memória, como se ela acrescentasse um pouco mais de tempo a cada passagem. E, como no jogo de estátua, em que a pessoa colada na parede, ao se virar, só consegue captar os jogadores parados em linha reta à sua frente, o caminho da vida entre duas imagens se tornou invisível para mim há muito tempo.

Eu a vejo lendo à tarde as primeiras páginas de *A condição humana* numa edição de bolso. A cada frase que lê, ela esquece a anterior. Depois do assassinato do homem adormecido sob a rede do mosquiteiro, ela não entende mais nada da história. Nunca se viu nessa incapacidade de ler.

Eu a vejo na noite de domingo no quarto dele, na hora em que as crianças foram dormir e os monitores estão livres, com exceção daqueles que supervisionam os dormitórios mergulhados na luz azulada dos abajures. Foi ele que marcou o encontro com ela quando se cruzaram à tarde, ou ela foi até lá por iniciativa própria? De todo modo, para ela é impensável que não passariam esta próxima noite juntos, por causa da anterior. Ele está deitado na cama, ela está sentada ao lado, na beirada. Ele brinca com o lenço florido que ela passou pelo decote do colete azul, que ela usa sem nada por baixo. Ela comete o primeiro erro. Com a mesma inocência com que lhe ofereceu chocolate, o mesmo desconhecimento sobre os meninos, sem calcular a ferida que inflige ao amor-próprio dele e que ao longo dos anos se tornou cada vez mais espantosa na minha memória, ela lhe diz, comparando-o com um monitor de barba loira e porte de jogador de rúgbi: "Depois do Barbudo, você é o melhor da colônia".

Ela achou que estava fazendo um elogio e não notou nem um pouco a ironia da resposta dele: "Muito obrigado!", porque ela acrescentou:

"Estou falando sério!"

Ela diz isso sem nenhuma intenção de machucá-lo — como uma verdade exterior a eles dois, que não significa de modo algum que ela prefira o Barbudo.

Diante da expressão sombria dele, ela entende a gafe, mas logo minimiza sua gravidade. Está no autismo do desejo de outra noite com H. Ela tem certeza de que vai viver isso por causa do que aconteceu entre eles, do que eles fizeram e também do que não fizeram ainda. Ele é o amante dela. Ela espera um sinal. Que não vem, o que talvez a tenha deixado um pouco desconcertada.

Na sequência seguinte, ele saiu do quarto. Ela fica parada esperando-o, achando que ele vai voltar.

Quem entra no quarto não é ele, é um bretão de cabelo castanho crespo, Claude L. Ele explica que não adianta ela ficar ali, H. não vai voltar. Acho que ela pergunta se ele foi encontrar a professora loira, Catherine P. Ele não responde. Talvez ele tenha rido.

(A partir daqui, não entro mais no pensamento da menina de S., só consigo descrever seus gestos, suas ações, registrar as palavras dos outros e mais raramente as dela.)

Eu a vejo na luz crua do quarto de H., atordoada, incrédula, talvez chorando, fugindo para se esconder num canto entre a parede e a porta porque alguém acabou de bater. Grudada na parede, atrás da porta que ficou escancarada, ela escuta Monique C. rir e dizer ao menino de cabelo crespo — que, ela entendeu em choque, acaba de indicar, com um sinal mudo, a presença dela: "O que ela está fazendo ali? Ela está bêbada?". Ela sai detrás da porta, se revela. Está diante dos dois, a um metro de distância, sem sapatos, sendo observada por Monique C. de cima a baixo, com um ar divertido. Não sei mais o que ela implorou que lhe dissessem — que palavras enterradas desde então pela vergonha, talvez se H. estava com a loira —, nem qual foi o desdém em torno da recusa que ouviu de volta, para dirigir esta súplica a Monique C.: "Mas nós não somos amigas?". Ao que Monique C. retruca com violência, uma espécie de repulsa: "De jeito nenhum! Eu não te dei essa confiança toda!".

Repasso diversas vezes na cabeça essa cena, cujo horror não foi atenuado, o horror de ter sido tão miserável assim, uma cadela que vem mendigar carinho e recebe um chute. Mas essa imagem reiterada não consegue dissipar a opacidade de um presente que desapareceu há meio século, ela mantém intacta e incompreensível essa aversão de outra menina em relação a mim.

Só uma coisa é certa: Annie D., a menininha perdida dos seus pais, a aluna brilhante, é nesse exato momento objeto de desprezo e escárnio aos olhos de Monique C. e de Claude L., de todos aqueles que ela desejava que fossem seus pares.

Ela não está mais no quarto de H. Em que momento, nessa mesma noite de domingo, perdida, desnorteada, ela cruzou o caminho — ou será que se juntou voluntariamente — do grupinho de monitores, meninas e meninos, unidos pelo desejo noturno de festejar e fazer bagunça, talvez tomados por uma vontade vaga de dar trote nesse início de temporada? O fato é que a vejo no corredor dos quartos, reclamando que não enxerga nada por causa do cabelo ensopado pela água de um balde entornado, provavelmente por caçadores que gritam diante de sua presa, o que se tornaria um ritual, *Taïaut O Taïaut*. Eles riem alto: "Nossa, como você está parecida com a Juliette Gréco!". Através do cabelo molhado ela o vê, H., corpulento, imóvel na porta de seu quarto, observando e sorrindo com a indulgência do mais velho, a pessoa responsável pelas brincadeirinhas dos estudantes. (Hoje seria fácil supor que, já sabendo de tudo, o grupo tenha planejado me conduzir até o quarto de H. *de brincadeira*.) Ela comete a segunda trapalhada da noite. Afasta-se do grupo, grita o nome dele, pede sua ajuda rindo, repetindo para ele o que lhe disseram, que ela está parecida com Juliette Gréco. Para ela é natural buscar abrigo junto dele, por causa da noite anterior, da nudez deles. Ela vai em sua direção para se jogar em seus braços. Ele os mantém grudados junto ao corpo. Continua a sorrir sem dizer nada. Se vira e entra no quarto. (Ele devia pensar cada vez mais que essa menina era uma idiota, que ele não ia ficar preso a ela, uma imbecil que acha que é Juliette Gréco.)

Neste domingo cinza de novembro de 2014, vejo então a menina que fui olhando para ele ao virar as costas, na frente de todos, o homem com quem ela tinha estado nua pela primeira vez, que desfrutara dela a noite toda. Não existe nenhum pensamento nela. Ela é apenas memória dos seus dois corpos, seus gestos, do que foi consumado — quisesse ou não. Sente o desespero da perda, o injustificável do abandono.

Ela está perdida, é uma boneca de pano. Não se importa com nada. Se deixa levar, com a docilidade de quem não sente mais nada, pelo grupinho excitado. Estão no pequeno e novo prédio à esquerda da abadia, um cômodo amplo com paredes esverdeadas e uma lâmpada nua no teto. Ela está sem óculos. Eles insistem que o quarto é de duas secretárias do diretor que foram passar o fim de semana fora, mas ela se surpreende por eles se comportarem como se estivessem na própria casa. Colocam discos de Robert Lamoureux e Fernand Raynaud, se servem de taças de vinho branco. Ela não se dá conta de que se divertem às suas custas, pregando uma peça nela. Como ficará sabendo no dia seguinte, o quarto que ocupam é dos dois monitores de educação física, Guy A. e Jacques R., que acabou de abraçá-la na cama onde muitos estão sentados. Será que já começaram — como lhe dirá alguns dias depois Claudine D., a monitora com uma mancha cor de vinho na bochecha — a "tirar sarro da sua cara", certamente a par da sua noite com o monitor-chefe e espectadores da sua desonra no corredor?

Ela os ouve rir, contar histórias indecentes — ausente e insensível. (Agora, ao escrever, esse momento é recoberto pela última cena do filme de Barbara Loden, em que vemos Wanda entre dois homens se divertindo numa boate, ela muda, pegando o cigarro que lhe entregam, virando a cabeça para a direita, para a esquerda. Ela não está mais ali. Antes, disse "Eu não valho nada". A câmera enquadra seu rosto petrificado, que pouco a pouco se *desmancha*.)

A sequência de *Wanda* foi rodada quinze anos antes num quarto do Orne, em S. Eles apagaram a lâmpada, deitaram em casais nas camas e no chão. Os discos continuaram tocando na vitrola. Ela deitou no chão, em cima de um colchão, com Jacques R., eles estão nus da cintura para baixo no mesmo saco de dormir. Ele não para de beijá-la e ela não gosta dos lábios moles dele. Ele empurra seu sexo, mais fino que o de H., ela diz não e que é virgem. Ele a molha entre as coxas. Acho que ela chora enquanto escuta, no escuro, os outros meninos se avisando da evolução de cada um nas operações com as meninas por meio de brincadeirinhas, e Dalida cantando *Je pars avec la joie au cœur lalalalayéyéyéyé/ Je pars vers le bonheur.**

Ele tenta de novo penetrá-la. Ele se esforça sem ser bruto, com a obstinação do seu desejo. Ela tem medo de que ele consiga. Ela não pensa em ir embora. Nem bem, nem mal, isso é algo entre a aflição e o consolo oferecidos por um corpo substituto, pelo mesmo desejo por um homem num outro corpo. Ela apenas empresta o seu, mas veementemente decidida a proteger a entrada dele. Ela já devia estar sendo movida pela vontade de "se entregar" — a expressão que se usa — apenas a H., o homem que lhe pediu isso na noite anterior e que acabou de rejeitá-la.

Acompanho essa menina, imagem por imagem, desde a noite em que ela entrou no porão com sua colega de quarto e que

* Em tradução livre: "Vou embora com alegria no coração, lá-lá-lá-lá-iê-iê-iê-iê/ Vou embora para a felicidade". (N.T.)

H. a convidou para dançar, mas é impossível para mim captar todos os desvios, a lógica que a levaram a esse estado em que se encontra.

Consigo dizer apenas que, no amanhecer de segunda-feira, 18 de agosto, de volta ao quarto onde, mais uma vez, sua colega já está de pé, ela considera aquilo que aconteceu com Jacques R. no saco de dormir uma coisa completamente insignificante, nula e sem efeito. (Depois de ter ficado desesperada ao ver sangue escorrendo de si quando tirou o jeans para se trocar, antes de perceber com alívio que era sua menstruação, oito dias adiantada.)

Eu a vejo, Annie D., no auge de seu desejo. Não é possível ir mais longe na negação de tudo o que não seja seu desejo por H., acreditando que ele vai querê-la, continuando a acreditar nisso até mesmo depois que, ainda naquela noite, ela foi ao quarto dele e ele a recusou de maneira contundente, ultrajado por ela ter "ficado com R." — e mesmo depois que ela ficou sabendo que Catherine, a professora loira — noiva de um convocado da Argélia, como atesta o anel de pedra azul com as iniciais FM gravadas, todos os dias posicionado ao lado de seu prato — a substituiu na cama do monitor-chefe.

Ela quer que ele faça algum gesto, todos os gestos que representem seu desejo por ela. Quer que ele tenha prazer com ela, que ele fique exaurido de prazer em cima dela. Já ela não espera sentir nenhum prazer.

Ela não desiste dele, apenas espera que uma noite ele a deseje, por capricho, por desânimo com a loira, por pena, não importa. A necessidade que sente dele, de fazer dele o mestre de seu corpo, a afasta de qualquer sentimento de dignidade.

Por causa dos olhos pesados, dos lábios grossos, do porte, ela o acha parecido com Marlon Brando. Não vem ao caso que algumas monitoras comentem, em voz baixa, que ele é alto, forte... e burro. Ela se refere a ele, falando consigo mesma, como Arcanjo.

Numa hora livre, ela entra na catedral de S. com cuidado para não ser vista por nenhum monitor, que escarneceria dela com prazer, a começar por aquele professor primário do Sul que olha para ela com ironia cantando *ave ave le petit doigt* com a melodia de "Ave Maria".* O Deus para quem ela reza é apenas o fetiche de H., o verdadeiro Deus que se afastou dela, indiferente ao seu desespero, ao seu sofrimento — que preferiu a loira a ela. Senhor, diga apenas uma palavra e minha alma será curada.

Ao escrever, me dou conta de que até esse momento eu nunca tinha pensado que a loira pudesse ter desejado o lugar que eu tinha ocupado por acaso e que, noiva ou não, ela não poderia ceder a essa menina desengonçada e artificial, com óculos de míope, coisa que deve ter pensado de mim desde o primeiro dia, quando fizemos raio X na enfermaria, uma depois da outra. Devia ser a opinião dos outros também, que nunca ouvi criticarem o jogo duplo dela, condescendendo inconscientemente com a união passageira, de um verão, entre o monitor-chefe musculoso e a professora bonitinha cujo belo corpo, revelado um dia pelo maiô, provocará na sequência um assovio de admiração

* A paródia de "Ave Maria" fala de anjos que "coçam o saco", que "coçam o rabo" com o dedo mindinho ("*avec le petit doigt*") — tendo "ave" um som parecido com *avec* [com] no sotaque do Sul da França. (N.T.)

dos meninos e seu habitual jogo de palavras com "pinup", levantando o dedo como se fosse uma ereção. Eu provavelmente pensava a mesma coisa. Eu a achava mais bonita, mais tudo do que eu. Em 2003, resumi de maneira lapidar: "Ela é, eu não sou".

À medida que sigo em frente, desaparece uma espécie de simplicidade anterior da narrativa guardada na minha memória. Ir até o fim de 1958 é aceitar a pulverização das interpretações acumuladas ao longo dos anos. Não suavizar nada. Não estou construindo uma personagem de ficção. Estou desconstruindo a menina que fui.

Uma desconfiança: será que, obscuramente, eu não quis desenovelar esse momento da minha vida para experimentar os limites da escrita, levar ao limite o embate com o real (chego a pensar que desse ponto de vista meus livros anteriores não passam de aproximações). Talvez também colocar em questão a imagem de escritora que associam a mim, destruí-la, insistir em denunciar uma impostura, do tipo "não sou quem vocês pensam", fazendo eco, nesse caso, ao "não sou essa fada que vocês pensam", troça lançada pelos monitores quando eu passava por eles.

A sequência, a questão de escrever o que vem na sequência, quando H. não quer mais saber dela e ela não quer saber de Jacques R.

Como entrar agora na deriva encantada dessa menina, na sua sensação de viver o momento mais empolgante da vida, que a torna insensível a todas as zombarias, ao sarcasmo, às observações insultantes.

De que maneira — trágica, lírica, romântica, até humorística, não seria difícil — relatar aquilo que ela viveu em S. com uma tranquilidade e uma húbris que os outros, todos os outros, entenderam como pura loucura ou putaria.

Devo escrever que, dez anos antes da revolução de Maio de 1968, eu era sublime na minha intrepidez, uma vanguardista da liberdade sexual, um avatar de Bardot em *E Deus criou a mulher* — que eu não tinha visto —, e assim adotar um tom de júbilo, o mesmo que dá brilho à carta que tenho diante de mim, enviada para Marie-Claude no fim de agosto de 1958: "Quanto a mim, tudo está ótimo no melhor dos mundos possíveis [...] passei uma noite inteira na cama com [...] o monitor-chefe. Uma revelação assim te deixa chocada? Também fui para a cama com um dos monitores de educação física na noite seguinte. É isso, sou amoral e cínica. O pior é que não sinto nenhum remorso. No fundo, é tão simples que dois minutos depois nem penso mais nisso". Nessa hipótese, devo considerar a menina de S. com o olhar de hoje, quando, à exceção do incesto e do estupro, nada no sexo é condenável, já que leio na internet "Vanessa vai passar as férias num hotel de swing". Ou devo adotar o ponto de vista da sociedade francesa de 1958, que atribuía todo o valor de uma menina ao seu "comportamento", e dizer que essa menina dava pena de tanta falta de discernimento e candura, de tanta ingenuidade, imputando-lhe a responsabilidade por tudo? Será que eu deveria me alternar o tempo todo entre duas visões históricas — 1958/2014? Sonho com uma frase que contivesse ambas, sem conflitos, simplesmente pelo prazer de uma nova sintaxe.

Todas as noites tem festa. Ela está em todos os bailinhos improvisados, ouvindo discos no quarto com a luz apagada, os desafios — estacionar o Citroën 2CV do diretor no refeitório —, os passeios pelas ruas desertas de S. depois de pular o muro. Não quer perder nada do presente, da promessa da noite. Eu a vejo:

empoleirada numa banqueta do bar Chez Graindorge, bebendo gim, ignorando seu nojo de álcool relacionado aos bêbados do café dos seus pais

equilibrando-se no muro da abadia com medo de cair porque está trançando as pernas

entre dois meninos no meio de uma turma, todos de braços dados, berrando a "De profundis morpionibus" com a exaltação e a superioridade de quem caminha numa cidade enquanto as pessoas dormem

a cabeça encostada em um ombro — qual? — num cinema, assistindo a um filme do Leste Europeu, *Kanal*, reduzido a uma neblina porque ela está sem óculos e não enxerga nem a imagem, nem as legendas

acima de tudo, voando escada abaixo, um Gauloise entre os dedos, para se juntar ao grupo, que varia em sua composição de acordo com o rodízio da supervisão dos dormitórios, com a formação de casais que escolhem a solidão de um quarto — morrendo de vontade de mergulhar na euforia do grupo.

Mais que a felicidade ser real, está claro para mim que ela tem consciência de que sua felicidade é real, aquela felicidade cuja condição de existência aparece na citação copiada na agenda vermelha: A única felicidade real é aquela que percebemos quando a estamos vivendo (Alexandre Dumas, filho).

Não existe mais nada de Yvetot nela, o pensionato e as freiras, o café-mercearia. No meio de setembro seus pais virão visitá-la, com um tio e uma tia. Ao vê-los descer do Renault 4CV acenando e falando alto na frente do pórtico do sanatório, ela sentirá apenas a estupefação por tê-los radicalmente esquecido em um mês. Com uma sensação vaga de pena, ela os achará velhos.

Está deslumbrada com sua liberdade, a dimensão da sua liberdade. Está ganhando dinheiro pela primeira vez, compra o que tem vontade, bolos, pasta de dente Émail Diamant vermelha. Não quer outra vida. Dançar, rir, fazer bagunça, cantar canções populares obscenas, namorar.

Está vivendo com a leveza de estar livre dos olhos de sua mãe.

(Uma imagem menos gloriosa, porém, contradiz a constância dessa felicidade. É a de uma menina levemente cambaleante certa noite, sozinha no corredor que leva aos banheiros, localizados perto do refeitório com seus pilares, perguntando-se, como se a sua consciência estivesse reduzida a um pântano que paira acima de um corpo incontrolável, mas com a agudeza que o vinho branco proporciona, o que é que *ela virou*.)

Depois de H., ela precisa de um corpo de homem contra o seu, mãos, um sexo ereto. A ereção consoladora.

Ela tem orgulho de ser objeto de cobiça, e a quantidade lhe parece uma prova de seu valor de sedução. Vaidade pela coleção. (Confirmada por esta lembrança específica: depois de ter beijado, num descampado, um estudante de química de férias em S., me vangloriar para ele do número de namoricos que eu tinha na colônia.) Sem se demorar fazendo charme, postergar o desejo que sente pelo desejo deles. Eles vão direto ao ponto, sentem-se autorizados pela reputação dela. Levantam a saia ou abrem o zíper do jeans enquanto a beijam. Três minutos, entre as coxas, sempre. Ela diz que não quer, que é virgem. Nenhum orgasmo, nunca.

Ela passa de um para outro, não se afeiçoa a nenhum deles, nem mesmo a Pierre D., que ela encontrou por várias noites no grande dormitório dos meninos, que ele supervisiona de uma guarita com uma janelinha e que lhe disse — foi o primeiro — "eu te amo", e ela respondeu:

"Não ama, é só desejo."

"Amo, sim, Annie, é verdade, estou te dizendo."

"Não."

Aqui, impressão de estar celebrando esse meu eu de 1958, que não posso dizer que morreu porque ele foi tragado quando, em 8 de fevereiro de 1999, assisti de novo a *Amar é minha profissão*, com Brigitte Bardot, a respeito do qual escrevi imediatamente em meu diário: "Estupefação ao ver como eu tinha o mesmo jeito de me comportar com os homens em 58, as gafes que cometia, ou o jeito natural que eu tinha, dizendo para um que havia flertado com outro. Sem regra nenhuma. É a imagem mais reprimida que tenho de mim". De estar reivindicando esse eu impávido — que depois, porém, temi que tomasse conta da minha vida e me levasse à perdição, sem que eu conseguisse definir o que seria a perdição.

Mas o que encontro na imersão daquele verão é um desejo imenso, inexprimível, que torna insignificantes a boa vontade das meninas que fazem tudo, oral etc., com consciência, os rituais controlados dos sadomasoquistas, a sexualidade desinibida de todos os que ignoram o *desespero da pele*.

O nome e o sobrenome deles — oito, contando com H. e Jacques R. — estão escritos, um debaixo do outro, nas últimas páginas de uma agendinha, a de 1963, que usei para escrever *O acontecimento*. Ignoro hoje o motivo dessa catalogação, que data de quatro anos depois da colônia.

Eu já devia ter escrito isso na minha agenda de 1958, que minha mãe queimou no fim dos anos 1960 junto com meu diário íntimo, certa de que assim estava contribuindo para minha salvação social, destruindo os vestígios da vida desajustada de sua filha, que se tornou professora de letras, *bem*-casada e mãe de duas crianças — sua filha, seu orgulho, sua raiva, sua obra. A verdade sobreviveu ao fogo.

Armadilha histórica da escrita de si: essa lista que por muito tempo deu concretude à minha "conduta imprópria" — expressão já histórica — me parece, em 2015, se não curta, ao menos nada escandalosa. Para demonstrar hoje o opróbrio lançado sobre a menina de S., eu precisaria confrontá-la com outra lista, a das chacotas vulgares, piadas de mau gosto, insultos disfarçados de comentários espirituosos com os quais o grupo de monitores a transformou em objeto de desprezo e escárnio. Eles, cuja hegemonia verbal era indiscutível — até admirada pelas monitoras —, que analisavam o potencial erótico de todas as meninas, classificadas em "bundas abençoadas" e "as de traseiro simpático". Enumerar, portanto, as brincadeirinhas que alegremente faziam com ela para entreter a plateia de ambos os sexos, em especial os do primeiro, sempre dispostos a acrescentar algo, enquanto as do segundo sorriam, sem nunca desaprovar:

Eu não sou essa fada que você pensa
Você leu livros demais

Esses óculos de sol (que eu acho bonitos) você comprou no 1,99?

Sua bunda é do tamanho de um caminhão

Olha o corpo médico passando (porque, como logo notaram minha incapacidade pedagógica, passei a substituir a recepcionista da enfermaria, que estava de férias).

As frases de duplo sentido com o gesto de tocar nos testículos:

Quer bater um bolo?

O que te prometi está de pé.

As músicas de letras escusas, entoadas à minha passagem: *Si t'en veux plus/ Je la remets dans ma culotte/ Cha-cha-cha des thons* etc.*

Sem esquecer o provérbio favorito deles: *O homem oferece, a mulher decide*. Ela decide mal.

Escrever enfim aquilo que valida esse jorro de obscenidades e a negação estrondosa das suas capacidades intelectuais, *você, prestando vestibular, hahaha, achei que nem escrever seu nome você sabia*, a palavra que insulta, apenas mais branda, atenuada, pela expressão que se usou muito nesse verão de 1958: meio puta.

Ela foi escrita, sem eufemismo, no espelho da pia do meu quarto, em letras grandes vermelhas com minha pasta de dente: *Viva as putas*. (Frase que despertou a ira da minha colega de

* Em tradução livre: "Se você não quer mais/ Vou guardar no calção/ cha-cha-cha, que baranga". *Thon*, que significa "atum", é também uma gíria para "mulher feia"; na canção "Cha-cha-cha des thons", que ficou popular na voz de Jacques Hélian em 1958, a palavra remete também a *con*, numa referência à genitália feminina. (N.T.)

quarto — muito certinha, que teve apenas um namorico — e que em mim provocou esta observação irônica: é o plural que te incomoda?)

A menina de 58 não se ofende, acho até que se diverte com isso, como se fosse usual dirigir-se a ela com essa agressividade zombeteira. Talvez ela veja nisso mais uma prova da imprecisão do julgamento deles. Trata-se de um engano. Ela não é isso que eles dizem que é.

Hoje, a que se pode atribuir essa certeza? À sua virgindade, que ela conserva com determinação, à sua trajetória escolar brilhante, à sua leitura de Sartre? Mais do que tudo: ao seu amor desesperado por H., o Arcanjo, como ela continua a se referir a ele para Claudine D. — que, girando o dedo ao lado da cabeça, a trata como se ela fosse *completamente pirada* —, a essa espécie de incorporação que ela faz dele em si mesma, que a mantém acima da vergonha.

Não é a vergonha, tenho certeza, que fez as palavras de pasta de dente vermelha ficarem marcadas na lembrança, é a imprecisão do insulto, do julgamento deles, a inadequação entre puta e ela. Não enxergo nada dessa época que se pudesse chamar de vergonha.

Nem mesmo quando, na hora do almoço, sua atenção se volta para as risadas de cinco ou seis monitores agitados diante do quadro de avisos perto do refeitório. Ela se aproxima, enxerga ao lado dos anúncios, exposta aos olhos de todos, amassada e pregada com tachinhas, a carta íntima que escrevera na véspera para sua amiga Odile, e que depois rasgou e jogou fora antes de começar outra. Eles a cercam, dão gargalhadas, citam as frases da carta, então, como que é isso, você fica louca quando

H. passa por você e põe a mão no seu ombro? Ela os chama de canalhas, grita que eles não tinham o direito de fazer isso, pergunta quem teve coragem. Eles dizem que foi o chefe de cozinha, ele encontrou a carta na lixeira, acabou de pregar ali. Ela a arranca do quadro. Quer falar com o chefe de cozinha. Ele não se faz de rogado, sai eufórico da cozinha, feliz com essa iniciativa que faz todo mundo rachar de rir.

Eu o vejo novamente, V., um quarentão com rosto de boneca, loiro, numa jaqueta quadriculada azul e branca, um homem gentil e simpático como sua esposa, a cozinheira. Sua expressão presunçosa, seu contentamento. Será que tenho vontade de dar um tapa nele? É impossível, ele tem o apoio de todos. Que formam uma parede de risadas em volta dela. Eles realmente não enxergam o que há de mal nisso. Ela se dá conta de que sua reclamação sobre o direito, que ela repete com raiva, "vocês não tinham o direito de fazer isso", não tem nenhuma possibilidade de tocá-los. Que ela errou em tudo. Ao ter escrito essa carta sentimental, ao deixá-la por aí. Que ele não precisa se incomodar com ela, meio puta, imbecil apaixonada por um sujeito que passa as noites com uma loira mais gostosa que ela. Que ela não pode lutar contra a imagem que eles fazem dela. É isso que importa, que autoriza a exposição da carta e a gargalhada deles. Não me lembro de ela ter feito essa relação entre o que eles pensam dela e o que eles fazem com ela, talvez esteja apenas obcecada pela grande probabilidade de H. ter lido a carta e não estar nem aí para ela, assim como os outros, ou até mais.

Hoje comparo a cena da carta e a noite com H.: a mesma impossibilidade de convencer, de impor meu ponto de vista. Ao revisitá-la novamente, ela se despersonaliza aos poucos. Quem está no centro não sou eu, nem sequer Annie D. Aquilo que aconteceu no corredor da colônia se transforma numa situação mergulhada em um tempo imemorial e percorre a Terra. Todos os dias, e em todos os cantos do mundo, existem homens fazendo uma roda em torno de uma mulher, dispostos a *jogar a pedra*.

A cena da menina de 58 no meio da roda. Hoje, quando a dispo do caráter infamante que ela passou a ter a partir do outubro seguinte, na aula de filosofia, e que me levou a contá-la pela primeira vez apenas no verão passado para uma amiga romancista, sei que a menina de 58 não tem vergonha do que escreveu na sua carta. Ela está perplexa, não consegue aceitar que o opróbrio recaia sobre ela e não sobre o chefe de cozinha. Não consegue acreditar que eles aplaudam esse gesto repugnante, que ninguém a defenda. O limite que acabaram de cruzar mostra que não a consideram uma monitora como as outras, que, no que diz respeito a ela, eles têm o direito de fazer tudo. Ela não é igual aos outros. Ela não os odeia. Eu não te dei essa confiança toda, disse Monique C. A despreocupação — a leveza — quanto a seu lugar no grupo foi abalada.

Mas não sua necessidade de fazer parte dele.

Não acho mesmo que tenha passado pela cabeça dela se resignar a algo que o cuidado consigo mesma ou a dignidade deveriam ter exigido, não se misturar mais ao grupo e ir dormir cedo, como faziam algumas monitoras. Ela não pode se privar daquilo que, desde sua chegada à colônia, é uma descoberta, o encantamento de viver entre jovens da mesma idade num lugar separado do resto da sociedade, sob a autoridade distante e compassiva de um punhado de adultos. Essa exaltação de pertencer a uma comunidade alicerçada em trotes, jogos de palavras e canções obscenas, em uma irmandade de escárnio e vulgaridade. Essa euforia de ser tudo, como se nossa juventude fosse multiplicada pela dos outros — a embriaguez comunitária.

Uma felicidade em dobro — na minha lembrança — devido à presença de centenas de crianças, cujas brincadeiras, risadas e gritos se fundiam num murmúrio que preenchia o espaço desde cedo, retumbando nas refeições no imenso refeitório e desaparecendo à noite sob o pé-direito alto dos dormitórios banhados pela luz azul dos abajures.

A felicidade do grupo é mais forte que a humilhação, e por isso ela quer continuar fazendo parte dele. Eu a vejo aspirando se parecer com eles a ponto de imitá-los. Copiando seus vícios de linguagem: "chega de contar sua vida, que tédio", "cala a boca e vai em frente", "nada não, deixa pra lá", "não precisa fazer tempestade em copo d'água", mesmo que com o tempo ela ache isso aflitivo. Pontuando as frases como eles, com um "*euh là*" arrastado, específico da Baixa Normandia. Dentro do grupo, os alunos e ex-alunos do curso normal nas escolas de magistério constituem um clã alegre e anticlerical, unido pela certeza de pertencer a uma elite. Ela sente inveja da turma orgulhosa e solidária que esses meninos e meninas formam. Ela os escuta falar de si mesmos e da Norma, como chamam a escola. Não conta nada do pensionato, sabendo-se excluída de antemão pelas freiras, "todas reprimidas", as orações obrigatórias, a educação católica que eles, com tanta excitação, ridicularizam.

Reversibilidade da humilhação. Correu o boato de que um monitor recém-chegado, André R., estaria se gabando de ter "comido" uma menina de catorze anos na colônia anterior, e por isso o grupo decidiu dar uma lição nele. (Mas ele não era considerado, antes de tudo, um "coitado", segundo os critérios do grupo?) A menina de 58 acha a ideia excelente. Primeiro é preciso deixá-lo bêbado, ela se encarrega disso. Eu a vejo dançando com ele e lhe passando a garrafa de vinho branco, ela mesma só bebe uma gota. Eu o vejo, depois, de pé em cima de uma cadeira, nu da cintura para cima, olhos vendados, enquanto o Barbudo se dedica a desenhar nas costas dele, com um pincel molhado de vermelho-vivo, um falo enorme com gotas de esperma. Escuto o "Desenharam um pau enorme em você!", as risadas. Ele não faz nada. Como sair do jogo quando se está sozinho. Desta vez ela está na roda dos jogadores.

Nessa espécie de quadro que se mostra de novo para mim a cada manhã, na hora de escrever — um castelo percorrido de cima a baixo, nos gramados, crianças indistintas, vestidas uniformemente de azul —, há:

Eles, o grupo de monitores, coro obsceno dominado pelos meninos, suas vozes, suas risadas e suas canções.

Ele, H., distante, ao mesmo tempo com "eles" e flutuando acima deles, o Anjo do quadro.

Ela, Annie D., no centro das cenas com eles.

Não estou no quadro, só estão os outros, impressos sobre ela, Annie D., como que sobre uma placa sensível. Também não está lá, para além do espaço fechado, delimitado pelos muros do castelo, o resto do mundo desse verão de 1958.

Hoje não tenho lembrança de nenhum rumor dos acontecimentos que chegavam até a colônia pela televisão do refeitório, a não ser do referendo anunciado por De Gaulle, que tinha agitado com violência os professores primários comunistas — partidários do "Não" —, provocando várias discussões, das quais Annie D. deve ter participado mais como espectadora do que como debatedora.* E, para encarnar a realidade dos "acontecimentos" da Argélia, tenho apenas a imagem da carta que chegava de avião e que o chefe de cozinha deixava a cada almoço ao lado do prato da loira. Não acho que nenhum menino tenha alguma vez mencionado a ameaça sob a qual todos viviam, de ir embora para o *djebel*, talvez pensassem que "a rebelião" teria sido "debelada" quando eles fossem convocados para jurar bandeira.

Leio na internet a lista de atentados (contra Soustelle, com uma transeunte morta, três feridos) — sabotagens de linhas de trem, tiros contra cafés e delegacias, incêndios de fábricas (Simca em Poissy, Pechiney em Grenoble) e refinarias (Notre-Dame-de-Gravenchon-Marseille), que aconteceram quase todos os dias do fim de agosto (quinze atentados no dia 25) ao fim de setembro de 1958. A maioria registrada nos jornais (*Le Monde*, *Le Figaro*, *L'Humanité*, *Combat*), e não na televisão, ao que parece. Esses atos foram perpetrados pela Frente de Libertação Nacional, que levou o conflito para a metrópole. Como reação, em 27 de agosto: "Michel Debré instaura o toque de re-

* Trata-se do referendo de setembro de 1958 que, diante das instabilidades políticas derivadas da Guerra da Argélia, votou uma nova Constituição para o país, proposta por Charles de Gaulle; o general voltaria ao poder no fim do mesmo ano por eleição indireta, dando início à Quinta República.

colher para os norte-africanos". Em 28 de agosto: "Batida policial nas zonas muçulmanas de Paris: Três mil homens reunidos no velódromo de inverno para interrogatório".

Nenhum desses fatos desperta qualquer lampejo na minha memória. Aquilo que hoje seria considerado um clima de guerra não incomodou, portanto, a menina de S., que inclusive, tenho certeza, seria a favor da "manutenção da ordem" numa Argélia que deveria continuar sendo francesa, como prometia De Gaulle. Estava acostumada, depois de três anos de conflito, ou era uma ignorância diáfana, disfarçada de romantismo, a respeito de uma morte distante e desde sempre considerada exclusiva dos homens.

Talvez tenha sido por causa dessa cegueira em relação a tudo que não fosse a colônia que parei bruscamente a leitura de um livro ou de um jornal quando apareceu essa data de 1958. Volto a ser contemporânea de acontecimentos vividos por outros, por desconhecidos, sou levada de novo a um mundo compartilhado e é como se a realidade dos demais comprovasse a realidade da menina de 58.

Em 11 de setembro de 2001, em Veneza, no Campo San Stefano, ao longo do rio dei Mendicanti, na Fondamente Nuove — percurso depois reconstituído —, eu devo ter pensado no 11 de setembro de 1958, nesse aniversário — essa sagração da minha loucura — que o colapso das torres de Manhattan não conseguirá relegar a um segundo plano, sendo os dois agora associados, ainda que com quarenta e três anos de intervalo. A noite em que, sem perceber, sem que ele jamais soubesse, H. se tornou meu primeiro amante.

Dessa festa e dessa noite de 11 para 12 de setembro, percebo que, além das circunstâncias — que devem ter me parecido um milagre, o sinal de uma predestinação —, ficaram para mim apenas algumas imagens esvaziadas de qualquer pensamento, como se o desejo, ao se realizar, tivesse ocultado tudo que não fosse ele próprio. Uma incapacidade, portanto, de saber em que momento descobri que H. estava organizando uma noite de fondue de queijo para comemorar sua partida da colônia no dia seguinte e que a loira, que tinha ido para Caen, de folga, não estaria lá.

Eu imagino que a menina que vejo na primeira imagem, dando voltas com excitação, como as outras, em torno da panela sobre o réchaud elétrico, está tensa por causa de uma esperança louca, talvez rezando para que sua hora tenha chegado. No momento em que, com as luzes apagadas e o cabo de vassoura circulando, obrigando quem dança a trocar de par, ela se vê nos braços de H. e ele imediatamente levanta o vestido dela, enfia a mão na calcinha com brutalidade, e nesse exato momento uma felicidade louca toma conta dela. A devastação inaudita de um gesto aguardado desde a primeira noite — durante três semanas. Não existe nela nenhum sentimento de aviltamento. Nenhum espaço para qualquer coisa além do desejo bruto, simples — quimicamente puro —, tão alucinado quanto o do estupro, o desejo de ser desvirginada e possuída por ele, H. Ele diz para ela — pedido ou ordem? — ir com ele para seu quarto. Tudo caminha conforme o desejo dela, de verdade, como ela deve ter calculado, a tabelinha. Tudo é desejado com conhecimento de causa. Noite que ela escolheu, em vez de uma noite que aconteceu, três semanas antes.

Na segunda imagem, eu a vejo nua em cima da cama, pernas abertas, impedindo-se de gritar com a investida. Qual é o décimo terceiro trabalho de Hércules?, talvez a charada passe pela sua cabeça. Não houve carícias preliminares — conceito desconhecido —, ele faz força em vão. Talvez ele tenha dito de novo "É bem grande", depois do sexo oral que ela faz nele por iniciativa própria.

Eu a vejo deitada, e ela observando-o *estendido, distendido pelo prazer*, palavras escritas depois no meu diário íntimo e que, ao reler dez anos depois, lembro de ter tachado de má literatura. Ele não está preocupado com a falta de prazer dela, ele disse que muitas mulheres só conseguem atingir o orgasmo depois do primeiro parto. Ela deve ter mencionado a loira, porque ele mostra a foto emoldurada de uma menina morena, bonita e sorridente, pousada na mesa de cabeceira: "Só tem uma mulher que eu amo, é ela, minha noiva". Ela é virgem, ele diz, e diz também que sempre se apaixonou pelas meninas de quem ele tirou a virgindade. Ela entende que não é uma virgem por quem ele poderia se apaixonar, ou então que ele está feliz, no fim das contas, por não ter conseguido tirar a virgindade dela. Tanto faz, para ela. Não se sente humilhada. Ele diz que ela deve voltar para o quarto dela porque ele precisa dormir, vai embora cedo. Promete ir dizer tchau às seis da manhã. A noite de 11 para 12 de setembro durou mais ou menos uma hora e meia.

Ela não quer ir deitar. Não pode estar dormindo quando ele vier, ao amanhecer. Ela está sozinha, sua colega de quarto está supervisionando um dormitório. Ela descobre vestígios de sangue no fundilho da calcinha. Felicidade indescritível. Decide que seu hímen foi rompido, que ele a deflorou ainda que não a tenha penetrado. O precioso sangue, a prova, o estigma, que é preciso guardar no armário debaixo das roupas. Começa a madrugada depois dessa noite curta, a doce madrugada da imaginação. Desta vez, H. é realmente seu amante. Seu amante para toda a eternidade. Alegria, paz, ela se entregou. O céu e a terra vão passar, mas esta noite não. Sua noite pascaliana (e quem nunca viveu uma?). Apenas as palavras místicas estão à altura daquilo que a menina de S. sente. Apenas nos romances hoje ilegíveis, nos folhetins femininos dos anos 1950, mas não em Colette ou em Françoise Sagan, chega-se perto de alcançar a natureza imensa, o impacto desmesurado da perda da virgindade. Da irreversibilidade do acontecimento.

Ao amanhecer ele não veio, então ela vai bater à sua porta. Silêncio. Ela pensa que ele ainda está dormindo. Volta várias vezes. (Esqueci o número.) Na última, depois de bater, ela tentou abrir. Estava trancada. Ela olhou pelo buraco da fechadura. Ele estava bem enquadrado, de barriga para cima, de pijama, se espreguiçando. Não abriu.

Ainda que, como acredito que tenha acontecido, ela tenha tido uma leve desconfiança de que ele prometera ir se despedir para se livrar dela, nenhum indício objetivo da realidade — a noiva, a promessa não cumprida, a ausência de encontros em Rouen — chega à altura do romance que se escreveu completamente sozinho em uma noite, no estilo de "O lago", de Lamartine, *As noites*, de Musset, do final feliz de *Os orgulhosos*, com Gérard Philipe e Michèle Morgan correndo para os braços um do outro, de todas as canções — esse esperanto do amor —, numa playlist que consigo reproduzir com segurança:

Un jour tu verras/ On se rencontrera (Mouloudji)

J'attendrai le jour et la nuit/ j'attendrai toujours/ Ton retour (Lucienne Delyle)

Si tu m'aimes/ Je me fous du monde entier (Édith Piaf)

Mon histoire/ c'est l'histoire d'un amour (Dalida)

C'était hier, ce matin-là/ C'était hier et c'est loin déjà (Henri Salvador).*

Neste exato instante, nas ruas, nos espaços abertos, no metrô, nos auditórios, milhões de romances estão sendo escritos na cabeça das pessoas, capítulo por capítulo, apagados, recomeçados, e todos eles morrem, seja por se realizarem ou pelo contrário.

Assim que escuto no metrô ou no trem as primeiras notas da canção "Mon Histoire c'est l'histoire d'un amour", cantada às vezes em espanhol, no mesmo instante eu me sinto esvaziar. Até este momento — Proust passou por isso — eu pensava que, por três minutos, eu voltava a ser realmente a menina de S. Mas não é ela que ressurge, é a realidade do sonho dela, a realidade poderosa do sonho dela, que as palavras cantadas por Dalida e Dario Moreno estendiam ao universo inteiro antes de ele ser recoberto, reprimido, pela vergonha de ter sido sonhado.

Digitei o sobrenome dele no departamento de Doubs no site de buscas do anuário. Ele está lá, mas com outro nome. Depois

* Em tradução livre: "Você vai ver, um dia a gente vai se reencontrar"; "Noite e dia vou esperar, vou sempre te esperar voltar"; "Se você me ama, não estou nem aí pro mundo todo"; "Minha história é a história de um amor"; "Aquela manhã foi ontem, foi ontem e já faz tanto tempo". (N.T.)

de um minuto de dúvida, segui o conselho do anuário e procurei num departamento vizinho. Apareceram o nome e o sobrenome, um endereço num vilarejo, ou uma cidade, provavelmente pequena, que não conheço. Um número de telefone. Fiquei parada diante da tela, sem acreditar, olhando as letras do nome e do sobrenome que em cinquenta anos nunca vi serem escritas juntas em lugar nenhum. Então bastava digitar esse número para ouvir a voz que ouvi pela última vez em setembro de 1958. A voz real. A simplicidade do gesto me pareceu aterrorizante. Fui invadida por uma espécie de terror ao me imaginar fazendo isso. A mesma coisa que senti nos meses depois da morte de minha mãe diante do pensamento de que, ao atender o telefone, eu poderia ouvir a voz dela. Como se fosse cruzar uma fronteira proibida. Como se, no exato instante em que eu ouvisse a voz dele, os cinquenta anos inteiros de intervalo seriam eliminados e eu seria de novo a menina de 58. Eu me sentia entre o terror e o desejo, como se estivesse diante de uma experiência espírita.

Depois pensei que provavelmente não reconheceria a voz dele, como não identifiquei a do meu ex-marido quando, depois de quinze anos, a ouvi num vídeo. Ou que ela não me provocaria nada. O poder que eu atribuía a essa voz de metamorfosear a minha pessoa de hoje na de 58 era inevitavelmente uma ilusão quase mística, a ilusão de acreditar que alcançaria sem esforço, num curto-circuito milagroso do tempo, a menina de 58. Por fim, telefonando para H. eu corria mais risco de outra decepção do que de algum perigo.

Depois da noite de 11 de setembro, ela continua a frequentar o grupo, mas é intocável. Eles não fazem ideia do sonho dela. Não importa que ele não tenha combinado nenhum encontro em Rouen, ela tem certeza de que vão se rever em outubro, simplesmente caminhando ao acaso pelas ruas na saída do liceu Jeanne-d'Arc, onde ela vai começar a estudar filosofia. A única informação que ela tem é o colégio técnico de meninos, na margem esquerda do rio, onde ele é professor de ginástica.

Poucas imagens das duas últimas semanas na colônia. Provavelmente por causa da fixação e da pobreza do meu sonho, que não permitiu que a realidade se incrustasse na memória. Numa tarde de folga, ela está sentada em cima de uma pedra; à sua frente, lá embaixo, um lago cercado de rochas vermelhas. É uma pedreira abandonada, cheia d'água, no meio de uma floresta, perto de S. Ela foi de carona, caminhou bastante desde a estrada por uma trilha pedregosa até chegar àquela abertura repentina, que podia ser chamada de cânion. Alguns adolescentes chegaram, deitaram as bicicletas no chão e estão brincando na água. Devem tê-la cumprimentado e ela não deve ter respondido, porque lhe dizem "quem não é bonita que precisa ser educada". Ela ficou mais chateada com isso do que com as gozações do grupo da colônia.

Ela come cada vez mais, aproveitando desenfreadamente a abundância de alimentos oferecidos à vontade, experimen tando um prazer que se torna indispensável: não consegue se segurar e devora escondido, direto da saladeira, pedaços de tomate cortados para as crianças da enfermaria. Toda a liberdade com que tinha sonhado em Yvetot se materializa nas visitas que ela faz à doceria de S. para comprar a tortinha moca e éclairs de café.

Passaram-se um verão, um outono e um inverno desde que coloquei a menina que fui, Annie D., na calçada em frente à estação de S., no Orne. Durante todo esse tempo, me restringi ao espaço da colônia, me proibindo de transpor, para a frente ou para trás, os limites temporais desse verão de 1958, fazendo esforço para me manter ali o tempo todo, numa espécie de imersão sem futuro. Por isso avancei muito devagar, dilatando essas seis semanas da colônia por mais umas quarenta, 273 dias para ser precisa, para examiná-las muito de perto e fazê-las existir de verdade pela escrita. Para demonstrar a duração imensa de um verão da juventude nas duas horas de leitura de uma centena de páginas.

Muitas vezes fui atravessada pelo pensamento de que poderia morrer ao terminar o livro. Não sei o que isso significa, o medo da publicação ou um sentimento de tarefa cumprida. Não invejo quem escreve sem pensar que poderia morrer depois.

Antes de ir embora de S., me detenho na última imagem, depois que as crianças entraram nos carros com destino à estação, que o silêncio do primeiro dia caiu de novo repentinamente entre os muros e que ela caminhou até o centro da cidade para ver tudo mais uma vez. Ela está sozinha, parada perto do antigo lavadouro, os olhos grudados na fachada comprida do sanatório, que nesse momento está iluminado pelo sol das cinco da tarde, do outro lado do rio. Ela olha para o lugar onde foi mais feliz em toda a sua vida, tem certeza disso. Onde descobriu a festa, a liberdade, os corpos masculinos. Queria não precisar ir embora. Mas todos foram ou estão prestes a ir, com pressa de voltar para casa. (Talvez eu fosse a única que quisesse que essa vida durasse para sempre.) Não é garantido que, nesse momento, a esperança de reencontrar H. em Rouen compense o abismo: como viver longe deles, os companheiros de verão, durante um ano inteiro.

Mas sei que essa menina prestes a devorar um bolo de creme, chorando, às margens do Orne, está orgulhosa do que viveu, que considera irrelevantes as humilhações e os insultos. Tem a altivez da experiência, a posse de um novo saber. Ela não consegue avaliar, imaginar, o que esse novo saber vai produzir nela nos meses seguintes. O futuro de algo que se adquiriu é imprevisível.

Ela não encontrou seus semelhantes, ela, que não é mais a mesma.

Desta vez — 28 de abril de 2015 — vou embora da colônia para sempre. Antes de ter entrado lá de novo pela escrita, de ter passado meses e meses ali, eu não havia ido embora. Não havia levantado da cama onde deitara nua, tremendo, calada pelo sexo de um homem ao qual, já no dia seguinte, devotei um amor louco. A ponto de escrever, em 2001: "Entre o quarto de S. e o quarto da aborteira da Rue Cardinet existe uma continuidade absoluta. Vou de um quarto a outro, e o que existe entre os dois é apagado".

Parece que desencarcerei a menina de 58, quebrei o feitiço que a mantinha prisioneira há mais de cinquenta anos naquela velha construção majestosa margeada pelo Orne, cheia de crianças que cantavam "C'est Nous la Bande des enfants de l'été".

Consigo dizer: ela sou eu, eu sou ela.

Impossível parar aqui. Não posso parar até ter alcançado determinado ponto do passado que, neste momento, é o futuro da minha narrativa. Até ter ultrapassado os dois anos que vieram depois da colônia. Aqui, diante da página, eles não são um passado para mim, e sim profundamente, senão realmente, o meu futuro.

É UMA FOTO QUADRADA em preto e branco de cinco por seis centímetros e bordas dentadas. Da direita para a esquerda veem-se, alinhados contra uma divisória de ripas verticais, uma cama de metal com cabeceira de barras e, encostada nela, uma mesinha retangular de madeira com uma gaveta. Depois da mesa, ao lado, uma porta fechada com um vidro no alto que permite ver o interior do quarto desde o corredor.

Em cima da mesa e ocupando exatamente o meio da foto há um vestido de verão sem mangas pendurado na divisória. Ele está suspenso pela abertura dos braços, preso em duas bolas brancas esmaltadas que servem de cabide. É um vestido com uma estampa de cores vivas, flores ou arabescos, franzido na cintura e com inúmeras pregas, indicando uma saia bem rodada. A luz cai sobre o vestido, a barra dele encosta na mesa, onde é possível distinguir dois livros — ou cadernos — abertos, papéis, um estojo. Uma luz ofuscante o suficiente para embranquecer a porta e destacar os vestígios escuros de sujeira em cima da maçaneta, assim como a marca deixada pela retirada daquilo que parece ter sido um trinco. Na cabeceira da cama — só se vê metade dela no enquadramento —, à sombra, uma pilha clara de roupa enrolada, provavelmente um pijama ou camisola, e bem no alto, pregada com tachinha ou colada na divisória, uma imagem pequena, representação de algo que não se pode identificar, mas que certamente é religiosa.

Há algo estranho nesse vestido vazio, preso em ganchos de bola que lembram os enormes olhos brancos de um cego — uma espécie de animal sem cabeça numa parede duvidosa. Ao mesmo tempo há algo de luxuoso nele, diante da penúria do ambiente. (Leve sensação de que vou vesti-lo por cima do saiote com babados e aros que davam aos vestidos a amplidão de uma crinolina, como o da mulher que passa e é erguida por Belmondo em *Acossado*, e calçar os escarpins verde-oliva que combinam com ele, comprados no Éram.)

Nenhuma profundidade na foto, sensação de platitude de um quadro sem perspectiva. O quarto estreito e a ausência de uma grande ocular na câmera não permitiram captar nada além de uma divisória, a única onde batia sol. No verso, em caneta azul: quarto-cubículo de Ernemont antes de ir embora, junho de 1959.

Tirei essa foto depois de ter feito a prova escrita de filosofia. Fazia pouco tempo que eu tinha uma câmera fotográfica — uma Brownie Flash Kodak de baquelite que meus pais tinham ganhado de um atacadista, beneficiando-se de sua atividade de comerciantes com todo tipo de presentes desde que comprassem um produto em grande quantidade. Eu me lembro de ter carregado a mesa de debaixo da janela, onde ela costumava ficar, para encostá-la na cama e, assim, enquadrá-la na foto.

Não sei que significado tinha para mim o gesto de fotografar o quarto. É algo que não voltei a fazer nos quarenta anos seguintes, algo em que nem pensava. Talvez quisesse guardar os vestígios de uma infelicidade e de uma metamorfose que hoje me parecem simbolizadas pelos dois objetos no centro da foto: o vestido, o mesmo usado na colônia no verão anterior, e a mesa onde eu tinha passado tantas horas estudando filosofia.

Agora olho para a foto com uma lupa para descobrir mais detalhes. Observo as pregas do vestido pendurado, o interruptor de metal — de um modelo que há muito tempo não se faz mais — na extremidade de um cabo preto que desce ao longo do batente da porta, interruptor que substituíra um outro, cuja marca permanece mais ao alto. Não estou tentando me lembrar, estou tentando *estar* nesse cubículo de uma residência para moças enquanto fotografo, *estar* ali sem escapar nem para trás, nem para a frente, apenas nesse exato momento. Na imanência pura desse instante em que sou uma menina de quase dezenove anos que fotografa o lugar de onde vai embora, e sabe que é para sempre. Fixar meu olhar na luz branca irradiada pela porta provoca um fluxo de sensações auditivas. O sino soando todas as horas. As palmas secas da zeladora do dormitório — uma menina pobre, empregada pelas freiras — para nos acordar às seis e meia, seguidas do "Ave Maria, cheia de graça" repetido e balbuciado pelas vozes sonolentas saindo dos cubículos, mas não do meu. O estalo no assoalho dos passos de uma menina que chega da aula, passa em frente ao meu cubículo, o bater da sua porta fazendo toda a divisória chacoalhar, uma música que ela cantarola enquanto arruma as coisas. *Gardez vos joies, gardez vos peines. Qui sait quand les bateaux reviennent. Amour perdu ne revient jamais plus.** É aqui que *estou* de verdade, com

* Em tradução livre: "Guarde suas alegrias, guarde suas tristezas. Ninguém sabe quando os barcos voltam. Amor perdido não volta nunca mais". (N.T.)

a mesma sensação de desolação, espera, ou melhor, de algo impossível de descrever, como se estar mergulhada de novo ali eliminasse a linguagem.

Esse quarto é o real que resiste, e a única maneira que tenho de fazê-lo existir é esgotá-lo com palavras.

Pergunto-me se, ao observar infinitamente essa foto, o que eu queria não era tanto voltar a ser essa menina de 59, e sim apreender a sensação especial de um presente diferente daquele realmente vivido — no qual estou, nesse momento, sentada à minha escrivaninha, na frente da janela —, *presente anterior*, de uma conquista frágil, talvez inútil, mas que me parece ser uma extensão dos poderes do pensamento e do domínio sobre a nossa vida.

No momento em que escrevo, alguém que não posso chamar de *eu* ocupa o quarto de Ernemont, alguém reduzido a um olhar, a algo que ouviu, com uma vaga forma corporal.

O paradoxo é que eu nunca quis voltar a ser quem era nesse quarto — imaginar isso chega a ser terrível — entre o verão de 1959 e o outono de 1960, exatamente no meio do desastre.

A menina que chega com a mãe em 30 de setembro de 1958, no fim da tarde, nesse cubículo da residência para moças do convento de Ernemont, na rua de mesmo nome, em Rouen, sente porém uma espera confusa, a impaciência por uma vida que se seguiria à da colônia sob outra forma. Depois da partida da mãe, que tinha acabado de comprar, com o dinheiro recebido em S., o lençol e o cobertor necessários à sua instalação, ela bate à porta do cubículo vizinho, diz animada para a menina baixinha de cabelo castanho crespo que abriu a porta e a olha, surpresa e incomodada: "Olá! Meu nome é Annie, e o seu?". Será a única conversa delas, porque a vizinha é aprendiz de cabeleireira, e "as meninas do penteado", que são maioria, e as que frequentam o liceu ou a faculdade convivem sem se falar, comem em mesas separadas no refeitório.

Ela nunca precisou tanto dos outros, de entrar no estado de euforia que experimenta ao contar suas férias para os outros.

Nas primeiras noites, ela fala das charadas da colônia, da máxima do boxeador e da freira, entoa canções populares de duplo sentido como "Maman qu'est-ce qu'un pucelage" e "Le Musée du père Platon",* sem se preocupar com a reserva das meninas ao redor, imaginando-as invejosas ou admiradas, até que uma declarou num tom calmo que nenhuma das amigas se expressava daquele jeito. (Marie-Annick, ex-aluna dos dominicanos, filha de um empresário, que frequentava aulas de esgrima semanalmente e deve ter me desprezado com ainda mais força do que eu a odiava.)

Ela escreve uma carta carinhosa e nostálgica para Jeannie, sua colega de quarto, outra para Claudine, a menina com mancha cor de vinho no rosto que mora em Rouen, para se encontrarem. Nenhuma delas responderá. Será que naquele momento desconfiei que elas me achavam uma putinha sem nada na cabeça?

* Em tradução livre: "Mamãe, o que é virgindade" e "O museu do pai Platão". (N.T.)

No liceu Jeanne-d'Arc, que ela idealizava quando estava no pensionato Saint-Michel de Yvetot, não conhece nenhuma das vinte e seis alunas de sua classe e nenhum professor a conhece. Aqui, Annie Duchesne não está envolta em nenhum passado de excelência escolar. Em meio às relações mútuas de conivência, ela se descobre anônima e invisível. A vigilância protuberante das freiras deu lugar à indiferença de professores mais jovens, elegantes, com uma evidente competência que a deslumbra na mesma medida em que a perturba, por ela não saber se tem capacidade para acompanhar.

A aula de inglês a lança no terror de ter de responder alguma coisa, ela não entende sequer a pergunta. O aguardado prazer de enfim ter aula de educação física e frequentar a piscina foi frustrado. Ela se enfada no ginásio, e as sessões na piscina são pensadas para quem sabe nadar. Em breve ela pedirá dispensa para o médico.

Ao contrário do que tinha pensado, não há nenhuma menina desinibida, rebelde, sendo aguardada por uma multidão de meninos na saída do liceu da Rue Saint-Patrice. Ela tenta identificar as mais desenvoltas, não tem coragem de abordá-las.

No pensionato ela tinha consciência das diferenças sociais, mas a menina da mercearia podia se orgulhar das notas que as colegas ricas não conseguiam tirar, aquelas meninas cuja classificação escolar era o oposto da classificação social dos pais. Sob a uniformidade dos blazers do liceu, bege ou rosa a depender da semana, ela adivinhava as disparidades, sem identificá-las claramente.

Ela se sente imersa numa atmosfera de superioridade impalpável que intimida, superioridade que, entendida como natural, ela sem demora vai relacionar com a profissão de cada pai (prefeito, médico, farmacêutico, administrador da Escola do Magistério, professor, professor primário) e a casa deles nos belos bairros de Rouen. Uma superioridade ostensiva que se revela na compaixão sorridente provocada pela maneira de falar da única filha de operário da classe — Colette P., bolsista, o pai é pedreiro —, a quem um dia uma aluna altiva disse, dando de ombros, que *se parterrer* [se aterrar ao chão] não existe em francês. Ela sente vergonha por Colette, vergonha por si mesma, que por muito tempo também falou *se parterrer*.

Ela é espectadora dos outros, da leveza e do jeito natural deles de declarar "em Bergson nós lemos que" ou "ano que vem vou para a Sciences-Po" ou "vou fazer o *hypokhâgne*"* (ela não sabe o que é nenhum dos dois). Estrangeira, como no romance de Camus que leu em outubro. Pesada e pegajosa no meio das meninas de blazer rosa, da inocência bem-educada e do sexo decente delas.

O primeiro tema de filosofia a lança numa angústia inominável: *É possível diferenciar um modo objetivo e um modo subjetivo de conhecimento?* Ela, que sempre redigiu suas dissertações com facilidade, entra na obsessão de uma tarefa que lhe parece aterradora. Desespera-se diante da impotência para encontrar ideias, desenvolvê-las, se pergunta se não lhe falta aptidão para os estudos, ou então melhor fazer faculdade de direito, "só

* *Hypokhâgne*, primeiro ano do curso preparatório para a prova de admissão na Escola Normal Superior (ENS), mais seletiva que as universidades.

questão de memória", ela ouviu dizer. (Nesse período da vida, acredito em tudo o que escuto fora do ambiente familiar.)

Para conseguir pensar sobre esse tema, seria preciso se desprender da colônia, das lembranças da festa, da noite de 11 de setembro. Apagar as marcas do corpo de um homem em cima do seu. Esquecer o que é o sexo de um homem. Ela vai conseguir entregar a lição ao custo de um esforço que ainda hoje acho assustador, vai até tirar a nota que precisava. Ela sente uma falta indizível.

Consigo avaliar a dimensão e a violência dessa falta pela lembrança da perturbação que senti numa tarde na sala do cinema Omnia, onde estava passando *Os amantes*, de Louis Malle. "Parecia que ele a esperava": depois dessa frase e dos primeiros compassos de Brahms, não é mais Jeanne Moreau, é ela ali, na cama, com H. Cada imagem a deixa devastada de desejo e dor. Ela está na caverna e não consegue alcançar a si mesma, se unir ao seu corpo na tela, se perder nessa história que lança na sua própria história com H. uma luz que, no momento em que escrevo, tendo atravessado os anos, não sei dizer se se apagou em definitivo. Com essa mesma luz seu amor é banhado pelos poemas que lê, pegando emprestado tudo o que pode da coleção Poetas Hoje, na biblioteca dos Capuchinhos, copiando longas passagens de Apollinaire (*Poèmes à Lou*), Éluard, Tristan Derème, Philippe Soupault etc. (Ao relê-los na agenda vermelha, me dou conta de que sei de cor: "*Sais-je mon amour, si tu m'aimes encore/ Les trompettes du soir gémissent lentement*".)*

* Em tradução livre: "E eu sei, meu amor, se você ainda me ama/ Os trompetes da noite gemem devagar". (N.T.)

Às vezes levanto a cabeça da minha página, saio desse olhar para dentro que me torna indiferente a tudo que me cerca. Vejo a mim mesma da maneira com que alguém poderia me observar de fora, a partir do corredor estreito que vem do alto margeando a cortina de abetos: sentada numa escrivaninha pequena, posicionada contra a janela, iluminada por um abajur grande. Imagem convencional, que agrada bastante (me pediram muitas vezes para posar assim para os jornais ou para a TV). Eu me pergunto o que significa isso, uma mulher repassando cenas de mais de cinquenta anos, às quais sua memória não pode acrescentar nada de novo. Por acreditar em quê, senão que a memória é uma forma de conhecimento? E que desejo — que ultrapassa o de compreender — existe nessa tenacidade de encontrar, entre milhares de substantivos, verbos e adjetivos, aqueles que darão a certeza — a ilusão — de ter atingido o maior grau possível de realidade? Apenas a esperança de que exista ao menos um pingo de semelhança entre essa menina, Annie D., e qualquer outra.

Ainda que eu concorde em questionar a fiabilidade da memória, até mesmo a mais implacável, em apreender a realidade do passado, o fato é que isto aqui permanece: nos efeitos sobre o meu corpo percebo a realidade do que foi vivido em S.

Minha menstruação não desceu mais depois de outubro.

Apesar do desconhecimento completo sobre a reprodução, a menina de 58 conhece o suficiente para saber que é impossível estar grávida — ela menstruou depois que H. foi embora —, mas não consegue conceber outro motivo.

É sábado, fim de outubro, eu a vejo deitada na cama dos pais, perto da chaminé sem uso, abaixo de um grande quadro de Santa Teresa de Lisieux. O dr. B., médico da família, apalpa, ausculta seu abdômen, no qual, ao pé da cama, a mãe está com os olhos grudados. Os atores da cena estão mudos, concentrados. Um silêncio mortal antecedendo o veredicto. Essa cena, que durante décadas foi encenada em quartos e consultórios médicos, tem a força de um quadro inalterável, como o *Angelus* de Millet com o qual ela se confunde, talvez por causa das cabeças inclinadas para a frente do dr. B. e de minha mãe. Não sei no que a menina está pensando, talvez ela reze para a santa do quadro. O dr. B. levanta a cabeça, repentinamente loquaz, como se precisasse convencer a mãe da inocência de sua filha, explicando que a amenorreia, é esse o nome, minha senhora, é frequente, algumas mulheres de prisioneiros passaram toda a guerra sem menstruar! Clima quase alegre de alívio geral. Tudo aquilo que foi pensado, mas em nenhum momento dito, desvanece. A tragédia não aconteceu. A freira da Compaixão virá no sábado dar uma injeção quando ela voltar do liceu de Rouen.

Nenhum tratamento curou o ressecamento dos meus ovários durante dois anos, nem os comprimidos de Équanil prescritos por um neurologista, nem as gotas de iodo do ginecologista, enquanto eu era arrastada para os especialistas pela minha mãe ansiosa: Você não vai continuar assim de jeito nenhum! Minha mãe traindo suas desconfianças nesta chantagem espantosa: Você não vai ao baile da Escola de Agricultura se sua menstruação não descer!

Não acho que ela acreditasse na minha inocência. De um jeito ou de outro, a ausência da menstruação lhe parecia o sinal de uma culpa desconhecida, associada à colônia, sua filha punida por onde ela havia pecado. Nem ela nem eu falávamos disso com ninguém, como se fosse um defeito inconfessável.

Excluída da comunidade das meninas, a comunidade da menstruação regular de todo mês, cuja interrupção só pode ser imaginada no contexto de uma "infelicidade" ou de uma menopausa distante, próxima da morte — privada dessa visita mensal mais ou menos bem-vinda, comentada entre as colegas com um "minha tia Rose chegou" ou "os ingleses desembarcaram", eu saí do tempo — sem idade.

Em outubro de 1958, Billie Holiday canta no Monterey, em Paris; em 12 de novembro, no Olympia, num show organizado por Frank Ténot e Daniel Filipacchi. Ela fica em Paris, no Mars Club, até o fim do mês. Está num estado deplorável, destruída pelo álcool e pela droga.

Em 20 de julho de 1958, Violette Leduc conhece René Gallet, trinta e cinco anos, carpinteiro de caixaria numa obra: "Era o meu primeiro orgasmo, aos cinquenta anos, o que me incluía definitivamente entre os homens e as mulheres que se dão prazer uns aos outros",* ela escreveu em *Caça ao amor*. Em setembro, ela leva René para Honfleur e Étretat. Em 21 de outubro, escreve para Simone de Beauvoir: "René Gallet não escreveu, não veio, aquilo que me foi dado foi pego de volta logo em seguida. Quero morrer". Ela se afunda cada vez mais na dor. Ainda para Simone de Beauvoir, em dezembro: "É ele que desejo, e

* Violette Leduc, *Caça ao amor*. Trad. de Manuela Daupiàs. Lisboa/Rio de Janeiro: Portugália, 1974, p. 177.

desejo o impossível" e "Vou abandonar a literatura". A relação vai se desintegrando até se encerrar por completo na primavera de 1959.

Ler essas coisas me perturba. Como se a menina de dezoito anos que caminhava pelo Boulevard de l'Yser no meio da gritaria da feira Saint-Romain no outono de 1958, sozinha e desesperada, estivesse menos sozinha e desesperada — quase salva, até — porque essas mulheres — nem o nome delas ela conhecia então — estavam naquele mesmo momento igualmente afundadas no abandono. Estranha doçura do consolo retrospectivo de uma imaginação que vem reconfortar a memória, romper com a singularidade e a solidão daquilo que vivemos por meio da correspondência, mais ou menos exata, com aquilo que outros viveram no mesmo momento.

Ainda que eu tenha me visto muitas vezes, nesses cinquenta anos, atravessando o Sena na ponte Corneille, vagando pela margem esquerda pelo bairro de Sotteville em reconstrução, procurando o colégio técnico de meninos — talvez seja o mesmo que o Google indica com o nome de liceu técnico Marcel-Sembat — onde H. era professor de ginástica e que precisei localizar no mapa de Rouen impresso no interior do calendário dos correios que eu usava como protetor de mesa —, trata-se de um percurso imaginário. A menina de 58 nunca cruzou o Sena. Eu não queria passar a impressão de estar ostensivamente à procura de H., nem provocar um encontro no qual corria o risco de ter a verdade — suspeitada, descartada — jogada na minha cara, ou seja, que ele tirava sarro de mim. Queria que esse encontro fosse atribuído ao acaso, no meu itinerário de todo dia, da Rue Saint-Patrice até a Place Beauvoisine, ou às quintas, dia de descanso, na Rue du Gros-Horloge. Enquanto eu não o encontrasse, meu sonho continuava vivo.

Pensei identificar uma semelhança entre uma inspetora do liceu, de cabelo moreno ondulado, e a foto na mesa de cabeceira de H., e por isso disse num tom misterioso para R., uma menina baixinha e redonda, ao lado da qual eu sentava em todas as aulas, "Essa bedel é minha rival".

Algumas noites, no banheiro do andar de cima, fora do dormitório, trepada em cima da tampa do vaso, eu olhava pelas claraboias abertas do teto, viradas para o Sena, e via as luzes de Rouen deslizando até a margem esquerda. Escutava o imenso murmúrio da cidade, o mugido de uma sirene portuária. Meu primeiro amante estava lá, ali onde começava a escuridão. Acho que eu não sofria. Meu sonho tinha mudado de forma. Tinha se tornado um horizonte, o horizonte do próximo verão, quando encontraria H. de novo na colônia, eu tinha certeza.

Digitei o nome e o sobrenome de H. no Google. Eles apareceram no topo das ocorrências com uma sequência de seis fotos. Quatro mostravam homens jovens, entre vinte e trinta anos — não interessavam. As outras duas eram de grupo. Cliquei em uma delas, a colorida, para ampliar. Tinha saído de um artigo de jornal do interior e trazia um título grande: E. e H. comemoram bodas de ouro. Era ele, o nome da região e do vilarejo não deixavam nenhuma dúvida. A foto mostrava um grupo grande de convidados distribuídos em quatro fileiras, encostados uns nos outros — talvez para todo mundo caber na foto — num gramado, com folhagens ao fundo. Os rostos estavam distantes, um pouco borrados. Todos os homens da minha geração que estavam presentes na foto tinham cabelo branco. Identifiquei-o no meio do grupo, o de estatura mais poderosa, ombros largos, barriga imponente, uma expressão de patriarca, ao lado de uma mulher mais baixa, talvez de óculos, era difícil de discernir. Ele vestia uma camisa informal, colarinho desabotoado. Observando-o, me lembrei da forma pesada do rosto, o nariz forte, que me havia levado a compará-lo com Marlon Brando. Na foto, agora, era o Brando do *Último tango em Paris*. Eu contei, eram cerca de quarenta pessoas, de todas as idades, crianças sentadas no chão ou no colo de alguém. Depois a imagem me faria pensar numa colônia de férias. Segundo o jornal, o casal se casou nos anos 1960, teve filhos, muitos netos e até bisnetos. Vida de homem.

Nada mais real em si mesmo do que essa foto tirada menos de um ano antes e, no entanto, é a irrealidade dela que me deixa estupefata. A irrealidade do presente, desse quadro familiar campestre, lado a lado com a realidade do passado, o verão de 1958 em S., que por meses venho fazendo passar do estado de imagens e sensações para o estado de palavras.

De que maneira nós existimos na vida dos outros, na memória deles, no seu jeito de ser, até nos gestos? Desproporção espantosa entre a influência que duas noites com esse homem tiveram na minha vida e o nada que é a minha existência na dele.

Eu não o invejo, quem escreve sou eu.

Hoje, depois de olhar de novo essa foto no Google, sinto um vago mal-estar, quase um desânimo. A imagem, de repente, de um clã. Da imponência e solidez de um clã, que veio de uma semente que deu frutos, numa trajetória social bem-sucedida, sem surpresas. A força do nome. Eu penso "Eu sou sozinha, e eles são todos", como o personagem de *Memórias do subsolo*, de Dostoiévski. Pode-se dizer que estão unidos em torno dele, o Poderoso Chefão, contra uma empreitada da qual nada sabem, aliados contra a memória de um tempo em que eles não estavam presentes ou que eles esqueceram, mas eu não. Impressão de que me acusam de prosseguir na mesma loucura de cinquenta anos atrás, sob outra forma. A loucura que consiste em me encontrar todo dia, na minha mesa, com essa menina que fui, me fundir nela — eu, que sou o fantasma dela, que habito seu ser desaparecido.

Olho para ela, para essa menina, numa foto em preto e branco em cujo verso está escrito "Baile da Escola Regional de Agricultura de Yvetot, 6/12/58". Com seu tamanho e corpulência ela sobrepuja o casal à sua direita, formado por um menino e uma menina, os três parados na frente de uma planta verde, tipo uma palmeira. Seu vestido branco, com um plissado no bustiê de renda que lhe destaca o peito, se abre em franzidos a partir da cintura, revelando braços roliços e panturrilhas grossas. Ela sorri de boca fechada por causa dos dentes tortos. O rosto parece largo, o olhar sem profundidade dos míopes. A boca está pintada, o cabelo é curto e tem uma leve permanente, com um pega-rapaz na testa, único detalhe que permite identificar nessa menina aquela da foto do boletim, seis meses antes. Essa foto é uma cópia que Odile — a menina do casal — me deu há quatro anos. Não sei mais quando destruí a que eu tinha, provavelmente há muito tempo, não suportando admitir "sou eu", nem sequer "era eu", diante dessa menina de silhueta corpulenta, a quem dariam vinte e cinco ou trinta anos e que me parece trazer no rosto o júbilo de S.

Ou porque, diante dessa foto, eu me lembrava que o pior estava por vir.

Esta noite sonhei com um ônibus grande que levava escritores, muitos deles. Ele parou numa rua, era em frente à mercearia dos meus pais. Desci porque era "minha casa". Eu tinha a chave. Por um momento temi que ela não conseguisse abrir a porta. Eu sabia que não tinha mais ninguém lá dentro. As persianas de madeira da vitrine e da porta estavam fechadas. A chave girou na fechadura, para meu grande alívio. Entrei. Tudo estava conforme eu lembrava, na semipenumbra das tardes de domingo, e a única fonte de luz era a segunda vitrine, que dava para o pátio, atenuada no verão por uma cortina de um tecido chamativo. Ao acordar, pensei que apenas essa pessoa, ou esse eu presente no sonho, seria capaz de escrever a sequência, e que escrever o que vem na sequência seria se pôr nesse desafio ao bom senso, naquela impossibilidade.

Mas para que serve escrever senão para desenterrar as coisas, ainda que uma só, impossível de ser reduzida a qualquer tipo de explicação, psicológica, sociológica, uma coisa que não seja resultado de uma ideia preconcebida nem de uma demonstração, e sim de uma narrativa, uma coisa que saia dos meandros expostos da narrativa e que possa ajudar a entender — a suportar — aquilo que acontece e aquilo que fazemos.

Impossível datar a evolução de um sonho. Minha única certeza é que, na volta às aulas em janeiro de 1959, o sonho da menina de Ernemont teve outra reviravolta. (Talvez ele estivesse se ajustando ao meu sentimento crescente de ter me comportado como uma imbecil com H., de não ser digna dele.) A menina que ele veria chegar na colônia no verão seguinte seria uma nova menina sob todos os aspectos, linda e brilhante, que o deslumbraria, por quem ele cairia de paixões na hora e que o faria esquecer aquela que tinha passado de um menino para outro entre as duas noites com ele, H. Mas nesse sonho, na sua posição de superioridade, ela o manteria à distância e não atenderia imediatamente ao desejo dele. A menina rejeitada do verão anterior se tornaria — por um tempo variável, que eu não tinha definido — intocável. (Aqui, constato a primeira manifestação de um desejo de ser inacessível, que sempre chega tarde demais na minha vida amorosa.) Para agradá-lo, para ser amada, seria preciso me tornar radicalmente outra, quase irreconhecível. De passivo, o sonho tinha se tornado ativo.

Era um verdadeiro programa de aperfeiçoamento, cujos itens foram registrados no meu diário íntimo perdido, e que reconstituo com grande facilidade, uma vez que foram todos postos em prática. Objetivos:

transformações corporais: emagrecer, ficar tão loira quanto a loira de S.

progressos intelectuais: estudar filosofia e as outras disciplinas metodicamente, fugindo das conversas noturnas nos cubículos

adquirir saberes destinados ou a reparar meu atraso social e minha ignorância — aprender a nadar, a dançar — ou a manifestar certa vantagem em relação às meninas da minha idade: aprender a dirigir e tirar a carteira de motorista.

Nessa lista performativa havia um projeto essencial: fazer um estágio de educadora nos feriados da Páscoa para me tornar uma monitora imbatível.

Essa conversão planejada da pessoa por inteiro, física, intelectual e social, tinha o mérito — a finalidade — de esquecer o vazio que me separava do verão, quando eu iria, tinha certeza, revê-lo.

Ao percorrer mais uma vez os meses dessa menina que não é mais a de S., e sim a de Ernemont, assumi o risco de me deparar continuamente, como um historiador diante de um personagem, com o emaranhado de fatores que influenciam a cada momento seu comportamento — de ter que me perguntar sobre a ordem cronológica desses fatores; portanto, sobre a ordem da minha narrativa. No fundo, há apenas dois tipos de literatura, a que representa e a que investiga, uma não tem mais valor que a outra, a não ser para quem escolhe se dedicar a uma em prejuízo da outra.

Uma carta de 23 de janeiro de 1959 me conforta com a certeza do papel importante do curso de filosofia ministrado por aquela mulher baixinha de orelhas de abano, olhos atentos e pretos de esquilo, uma curiosa voz grossa e autoritária, sra. Bertier — Janine, mas o nome próprio dos professores é um tabu que não ultrapassa a fronteira dos lábios —, por quem a menina de Ernemont experimenta um sentimento de admiração disfarçado de vaga animosidade:

"É incrível como a filosofia pode nos tornar razoáveis. De tanto pensar, repetir, escrever que o outro não deve nos servir de meio, e sim de fim, que somos racionais e que, consequentemente, a inconsciência e o fatalismo são degradantes, ela tirou de mim o prazer de flertar."

Fico impressionada com tamanha clareza: Descartes, Kant e o imperativo categórico, toda a filosofia condena o comportamento da menina de S. Como a filosofia não abre espaço para o imperativo de gozar em vez de gritar, para o esperma na boca, as meio putas, a menstruação que não desce mais, ela faz a menina se sentir envergonhada e, na mesma carta, repudiar definitivamente a menina da colônia:

"Às vezes acho que era outra menina que esteve em S. [...], e não eu."

É uma vergonha diferente daquela de ser filha dos donos do café-mercearia. É a vergonha da altivez por ter sido objeto de desejo. De ter considerado a vida na colônia uma conquista da liberdade. Vergonha de *Annie, o que seu corpo diz*, de *Eu não te dei essa confiança toda*, da cena do quadro de avisos. Vergonha das risadas e do desprezo dos outros. Vergonha de menina.

Uma vergonha histórica, anterior ao slogan "meu corpo é meu", de dez anos depois. Dez anos, um período curto aos olhos da História, imenso no começo de uma vida, representando milhares de horas e dias em que o significado das coisas vividas permanece inalterado, vergonhoso. E não há nada que possa fazer com que aquilo que foi vivido num mundo, o mundo antes de 1968, e que foi condenado por suas regras, mude radicalmente de sentido em outro mundo. Aquilo continua sendo um acontecimento sexual singular, cuja vergonha é insolúvel na doxa do novo século.

Eu vejo essa menina do inverno de 1959 afirmando sua vontade altivamente, empenhada em perseguir objetivos que a afundam pouco a pouco na infelicidade. Uma espécie de vontade infeliz.

Primeiro exerço essa vontade sobre meu corpo, radicalmente. Na volta às aulas, em janeiro, passei a me alimentar na residência só com uma caneca de café com leite de manhã, uma fatia fina da carne servida em todos os almoços, menos às sextas — peixe ensopado —, à noite sopa com purê de frutas ou maçã. Substituí o prazer dos meses anteriores — sempre fugaz demais — de me entupir de pão com manteiga e batata frita, pelo prazer da privação voluntária, de um sacrifício que ninguém realiza ao meu redor e cujo sinal tangível e ostentatório é a barra de chocolate para o lanche que a freira do refeitório entrega todo almoço e que deixo na minha cômoda junto com as outras sem encostar nelas, para entregá-las no verão seguinte às crianças da colônia, como digo a mim mesma. Recuso tudo o que engorda, segundo a bula dos comprimidos de Néo-Antigrès comprados na farmácia do Boulevard de l'Yser. Cada refeição se torna uma espécie de aventura, da qual saio ligeiramente saciada ou ainda mais faminta, de todo modo vitoriosa, depois de ter repassado minha porção de queijo para a menina ao lado. Vivo o orgulho de uma campeã do jejum, entregue por inteiro a um combate contra a gordura cujo sucesso é atestado pela balança do farmacêutico e pelas saias soltas no quadril.

Eu não tinha derrotado a fome, apenas a exauria estudando. Eu só penso em comida. Entrei num modo de existir em função daquilo que eu poderia comer na refeição seguinte segundo o valor calórico do conteúdo do meu prato. A descrição de uma refeição num romance me faz parar a leitura tão repentinamente quanto uma cena de sexo. No dormitório, ouvir o som do roçar do saquinho de papel de onde a pequena V., que voltava do colégio, tira um docinho, imaginá-la mastigando me impede de me concentrar. Eu a odeio. Quando vou ter o direito de comer um lanche também? Como se a decisão não dependesse de mim, mas de outra menina, do duplo ideal que eu deveria me tornar a qualquer custo para seduzir H.

A derrocada da vontade aconteceu numa tarde de domingo de março, na mercearia, com as persianas fechadas, quando meus pais tinham saído para seu passeio ritual no Renault 4CV pelos campos da redondeza. Hoje é óbvio que isso só poderia acontecer ali, na mercearia, desde sempre o lugar de abundância gratuita diante dos meus olhos, até minha ida para a colônia, e que tornava insólita, até triste, a casa dos outros, onde tudo o que havia para comer ficava num armário. O reino da minha infância açucarada, em que todas as tristezas, todas as palmadas maternas foram consoladas por uma caixa de biscoitos ou um pote de doces. Não sei no que está pensando a menina que de repente perde todo o controle sobre seu desejo, se joga — imagino — sobre o queijo inteiro, as madeleines vendidas por unidade, as balas. Talvez em nada. É a primeira cena de avidez em que a consciência assiste, impotente, ao frenesi das mãos que agarram, escondem, da boca que nem mastiga direito, engole — ao prazer do corpo, que se tornou um buraco sem fundo. Com a náusea chega o fim: o desespero por ter fracassado e a decisão de fazer dieta a semana inteira para eliminar nem que seja uma parcela mínima dessa quantidade enorme de comida devorada em meia hora — me livrar do peso do erro.

Naquele dia, a menina da mercearia não sabe que entrou na repetição infernal da abstinência draconiana seguida da recaída na crise de voracidade, desencadeada por algo obscuro e incontrolável. A primeira mordida na comida desejada e proibida desmonta todas as resoluções, é preciso ir até o fim do desamparo, comer tanto quanto possível até a noite para, de manhã, retomar o jejum, café preto e mais nada.

Ela não sabe que vai se tornar refém da paixão mais triste que existe, a paixão pela comida, objeto de um desejo incessante e reprimido que só pode se realizar no excesso e na vergonha. Que entrou numa alternância de pureza e sordidez. Uma luta na qual a perspectiva de vitória vai ficar mais longe ao longo dos meses, quando voltarei a ser normal, quando pararei de *ser assim*.

Eu não imaginava que pudesse existir um nome para o meu comportamento, com exceção daquele que um dia eu tinha lido na *Larousse*: Pica — Apetite pervertido. Depravação. Eu não sabia qual era a minha doença, pensava ser moral. Acho que não fiz uma relação disso com H.

Vinte anos depois, na biblioteca, folheando por acaso um livro sobre doenças alimentares, abalada, eu pegarei o livro emprestado e darei um nome para isso que foi o pano de fundo da minha vida durante meses — para essa obscenidade, esse prazer inconfessável, que fabrica gordura e excrementos a serem evacuados, menstruação que não desce — para essa forma monstruosa, desesperada, de querer viver a todo custo, inclusive a custo do nojo de si mesma e da culpa: bulimia. Hoje é difícil dizer se saber disso teria sido de grande ajuda, se eu poderia ter sido tratada — ou se aceitaria — e como. O que a medicina teria feito para combater um sonho?

Nesse inverno de 1959, vejo essa menina, na aula de dança Tarlé, Rue de la République, à noite — feliz por ter pulado o jantar, com nojo das mãos dos dançarinos, os rostos deles perto demais, o humor deles do tipo *É pavê ou pá comê?*

Eu a vejo na brasserie Paul, perto da catedral, tomando um caldo Viandox — considerado pouco calórico — com R., a única colega de classe com quem ela fala, uma menina divertida de carinha redonda e olhos de faiança que bate no seu ombro.

Eu a vejo num fim de tarde, já é quase noite, não muito longe das Nouvelles Galeries, olhando da calçada o gorro de lã azul de R. por trás do vidro do carro, que se afasta lentamente levando-a a Déville, no subúrbio de Rouen. Nessa hora sei que ela inveja R. por não ter que voltar para um dormitório atravessado por correntes de ar e barulhos de corpos que se descalçam, escovam os dentes, tossem e roncam — por não passar horas acordada sob a luz amarelada do abajur do corredor que divide o cubículo em uma região de sombra e uma de claridade com a linha de demarcação atravessando a coberta da sua cama —, ela a inveja por voltar para uma casa, a casa dos pais.

Ao mesmo tempo que, em dezembro, ela escreve para Marie-Claude "Espero que no ano que vem eu consiga passar na faculdade de direito ou começar o cursinho preparatório. Minha mãe deu a entender que talvez eu conseguisse um quarto na cidade universitária, o que seria bem melhor do que a residência das freiras. Sabe, talvez eu tenha ambições grandes demais e dê errado. Então esses projetos me parecem um tanto utópicos. Tenho medo de depois me arrepender de não ter estudado o suficiente", ela se inscreve em fevereiro no concurso da Escola Normal de professoras primárias de Rouen, cuja admissão garante uma formação profissional em um ano depois dos exames finais.

Tenho à minha frente os boletins trimestrais de Annie Duchesne, curso de Filosofia II, 1958-59. Eles testemunham a obtenção contínua de boas notas em todas as matérias, menos inglês. Ela fica em quinto lugar, das vinte e cinco, em filosofia. Sempre no quadro de honra, sem incentivos nem parabéns. Todos os comentários mencionam uma "aluna inteligente e séria". Uma coisa cinza, sem brilho nem destaque, em conformidade com a minha lembrança de uma menina que nunca falava nada na aula. A julgar por essas notas, nenhuma dúvida, nem antes, nem agora, de que elas permitem vislumbrar um curso superior. De modo que o desejo de se juntar a esse corpo de normalistas admirado em S., de se parecer com a loira, me soa insuficiente para explicar a renúncia às ambições anteriores.

Vejo nesses meses no liceu uma extinção lenta das ambições escolares de Annie D., devido à interiorização sem rebeldia de seu lugar social, com certeza sem nenhuma de suas colegas desconfiar, ela pensa — elas não tinham como descobrir o café-mercearia de seus pais em Yvetot —, mas que deviam ser perceptíveis por outros sinais. No liceu, cercada de "craques" notáveis que têm coragem de fazer perguntas aos professores, sua condição de exceção, de milagre, não tem mais nem força nem valor. Não existe mais uma heroína escolar. A confiança das outras meninas — que, indiferentes ao resultado dos exames finais, simples formalidade, anunciam que vão começar o *hypokhâgne*, para o curso de farmácia, como se a vaga já estivesse garantida, vão entrar na Langues O', na Sciences-Po — a desmonta. Um curso superior lhe parece um túnel interminável, exaustivo, sem dinheiro, triste, que vai custar caro aos seus pais por deixá-la dependente deles. Deixa de ser a felicidade esperada, como se aquilo que ela ouviu durante toda a infância, sobre "rachar a cabeça" estudando, sobre a esquisitice de ser "vocacionada" no meio daquelas pessoas que foram à escola "no dia de São Nunca", segundo eles, tivesse por fim vencido suas resistências. Agora ela tem vontade de seguir o caminho e o futuro preparados pela sociedade e pelo sistema nacional de educação de 1959 para os filhos talentosos dos camponeses, dos operários e dos donos de restaurante. A menina voltou para o lado do pai, que — diante da mãe, decepcionada — fica exultante ao saber que ela não quer mais "continuar", que ela quer entrar na Escola Normal (não é preciso especificar "de professores primários", nem ela nem ninguém sabe da existência da Escola Normal Superior, e quem hoje em dia sabe, além dos professores e das classes altas, aliás?).

Também desconfio disto: será que alguém tem vontade de ficar sentada numa cadeira rabiscando letras como uma criança sendo alfabetizada quando se tem — ainda que reprimida, negada — a experiência sexual de uma mulher?

Na visão encantada do futuro daquele momento, ela está numa escola do campo, cercada de pilhas de livros, um Citroën

2CV ou um Renault 4CV diante do seu apartamento funcional. Ela ensinará poemas aos alunos, "*J'aime l'âne si doux/ Marchant le long des houx*",* de Francis Jammes, "Os gênios", de Victor Hugo. Na imagem que faz da profissão de professora, as crianças aparecem borradas e alegres sob a forma da *turma das crianças do verão* de S., de quem ela não precisou cuidar por mais de uma semana.

Como se a linguagem, que chegou tarde na evolução humana, não ficasse gravada tão facilmente quanto as imagens, entre as milhares de palavras trocadas durante o estágio de formação de monitores no feriado da Páscoa, num castelo em Hautot-sur--Seine, só resta a frase debochada de um professor de pele toda esburacada, óculos escuros, na cozinha onde estávamos os dois encarregados de lavar a louça: *Você parece uma puta decadente.* Frase que depois atribuí a um excesso de base e blush na minha pele clara, e à qual só consegui responder: *E você, um cafetão velho*, arrasada, provavelmente assustada, pelo ressurgimento imprevisto da menina meio puta. Então a menina da colônia transparecia por debaixo da menina do estágio, que eu pensava ser digna e fria?

Devo ter ficado horrorizada ao pensar que ela estava prestes a voltar quando, cansada das investidas de um menino da minha mesa, no fim do estágio, deixei ele me beijar e acariciar

* Em tradução livre: "Adoro o burro fofinho/ Caminhando no azevinho", primeiros versos de um poema bastante estudado na educação infantil francesa. (N.T.)

meus seios num cinema quase vazio, onde passava um filme B de monstros. Tudo é despertado dentro mim, à revelia da minha vontade. Consciência aterrorizada do poder do desejo provocado pela mão e pela boca desse menino comprido e frágil que me acompanha até a porta da residência e que tenho certeza de que nunca mais vou querer ver. Em 2000, recebi uma carta dele por meio do meu editor, ele escrevia que nunca tinha se esquecido da "linda moça" — definição que me deixou chocada — de Hautot-sur-Seine. Ele era casado, tinha filhos, dono de um estacionamento em Rouen. Não sei como ele tinha reconhecido Annie Duchesne, a menina do estágio, naquela que tinha acabado de escrever *O acontecimento*.

Num almoço em abril, ao ver a carta com o nome do sanatório de S. ser deixada perto do meu prato no refeitório — carta de resposta ao meu pedido de contratação no verão seguinte —, eu talvez já tivesse antecipado a recusa nela contida, cujos termos esqueci, e que confirmou brutalmente a minha certeza: Annie Duchesne não era desejada na colônia. Acho que o que tomou conta de mim naquele momento não foi o sofrimento de não reencontrar H., o fim definitivo do meu sonho, mas a vastidão da minha infâmia do passado, que essa rejeição ao meu pedido — pouco comum, uma vez que vários monitores iam dois ou três anos seguidos — escancarava: eles não queriam de forma alguma e a nenhum custo ouvir falar dessa menina. A antiga menina. Mas ninguém conhecia a nova menina em S. Era impossível apagar a vergonha, cerrada dentro dos muros da colônia.

Não conseguir situar a anterioridade de uma lembrança comparada a outra me impede de estabelecer uma relação de causa e efeito entre ambas: não sei se recebi essa carta antes ou depois der ter lido, nesse mesmo mês de abril de 1959, *O segundo sexo*, de Simone de Beauvoir, que Marie-Claude me emprestou quando lhe pedi, no fim de março.

Deixo de lado por enquanto a palavra "revelação", que me ocorreu muitos anos depois ao rever a menina de Ernemont caminhando em direção ao liceu, completamente tomada, enxergando um mundo desprovido das aparências que alguns dias antes ele ainda tinha, um mundo onde tudo, dos carros circulando no Boulevard de l'Yser aos estudantes engravatados com quem ela cruza ao subir até a Escola Superior de Comércio, manifesta agora o poder dos homens e a alienação das mulheres. Antes, coloco frente a frente essa mesma menina, com sua memória do verão anterior, e as mil páginas de uma demonstração impecável, de uma interpretação das relações entre os homens e as mulheres que diz respeito a ela, a menina, acima de tudo. Páginas escritas por uma mulher, uma filósofa que ela conhece de nome, que exigem que estabeleça um diálogo do qual não consegue, não quer escapar, porque ele nunca aconteceu antes.

Eu a imagino:

espantada com o quadro da situação das mulheres, essa epopeia infeliz que se desenrolou de maneira implacável da pré-história aos dias de hoje

oprimida pela visão apocalíptica das mulheres submissas ao dinheiro, sobrecarregadas pela imanência enquanto os homens estão no nível da transcendência

confortada em sua repugnância pela maternidade, seu medo do parto desde o de Melanie, em *...E o vento levou*, que leu aos nove anos

pasma pela variedade de mitos que cercam as mulheres e talvez humilhada pela pobreza dos seus no que diz respeito aos homens, mas em todo caso revoltada ao se lembrar da acusação *você é uma louva-a-deus*,* que lhe fizeram na colônia

chocada com a insistência da autora no nojo e na vergonha da menstruação — a "mácula" —, sendo que sua vergonha nesse momento reside na brancura da sua calcinha e na ausência de sangue.

Não sei se ela reconhece sua primeira noite com H. na descrição dramática que Simone de Beauvoir faz da perda da própria virgindade. Se ela concorda com: "A primeira penetração é sempre uma violação". Minha incapacidade para usar ainda hoje a palavra "violação" em relação a H. deve significar que não. E quanto à vergonha de ter estado loucamente apaixonada por um homem, de ter esperado atrás de uma porta que ele não abriu, de ter sido chamada de *pirada* e *meio puta*? Eu tinha conseguido me livrar disso com *O segundo sexo*, ou, ao contrário, o livro me afundou mais? Escolho a indecisão: ter recebido as chaves para entender a vergonha não confere o poder de apagá-la.

De todo modo, em abril de 1959 o que importa é o futuro. Certeza de que a aluna de filosofia tomou para si a intimação de Simone de Beauvoir de escolher, na última página: "Pensamos que ela [a Mulher] tem de escolher entre a afirmação de sua transcendência e sua alienação como objeto". Ali estava a resposta para sua pergunta — que é mais ou menos a pergunta das meninas da época —, como devem *se comportar*? Como um sujeito livre.

* O louva-a-deus é associado à imagem da mulher manipuladora e castradora, uma vez que a fêmea do inseto come o macho depois da cópula; Beauvoir diz, em *O segundo sexo*, que em torno dessa imagem "se cristalizou o mito da feminilidade devorante".

A menina que vai embora de Ernemont depois de ter fotografado seu cubículo não sabe nadar nem dançar — aulas logo abandonadas — e acabou de ser reprovada no teste da autoescola, mas esses fracassos na sua programação não têm muita importância aos seus olhos. Ela passou com louvor nos exames finais e sei que, mais do que nunca, está decidida a "se realizar" num projeto altruísta que junta as prescrições existencialistas e o modelo ideal da colônia: educar crianças. Perseverar, portanto, na escolha que ela acredita ter feito em completa liberdade.

Ao entrar nesse outro verão, que se estendeu seco e abrasador até depois da volta às aulas, marcada pela primeira vez para setembro pelo general De Gaulle, o verão de 1959, preciso visualizar a menina que, durante todas as férias, não será Annie D., mas apenas Kala-Nag, depois Kali, codinomes pelos quais foi chamada nas colônias pequenas e médias, exclusivamente femininas e rigorosamente apropriadas — não aquela zona de S., como desde então ela passou a achar. Vê-la da maneira como ela se preparara para ser vista pouco tempo antes pelos olhos de H. e foi vista pelos outros:

"a vamp" para Catherine R., a diretora da colônia de Clinchamps-sur-Orne, perto de Caen, que me odiou imediatamente, e que leu minha ficha um dia na cozinha para outra monitora — éramos apenas duas, além de um monitor — enquanto eu a escutava do alto da escada, ficha da qual não consigo hoje me lembrar nem sequer de uma palavra, só que eu quis morrer ali mesmo

a menina "singular" para Lynx, o diretor da colônia de Ymare, perto de Rouen, que no dia do meu aniversário me dará de presente, com uma risada cúmplice, um romance de Jules Romains intitulado *Une Femme singulière* [Uma mulher singular], e que na sequência ouvirei dizer à esposa, Fourmi, com uma nova risada, "desde que trabalho nas colônias nunca tive uma monitora como Kali!".

Será que ela não é, em vez disso, a menina que escreve numa carta de 29 de julho de 1959, num envelope amarelo com selo da Federação das Obras Laicas, Colônia Ufoval: "Em Caen assisti a *À beira do pecado*, com Eva Bartok. Que alucinante essa paixão pela morfina, a gente chega a pensar que isso poderia acontecer com a gente, sem ficar chocada com esse pensamento".

Ainda que na maior parte das vezes eu precisasse usar calça jeans ou shorts e tênis para caminhar pelas estradas com meu grupo de meninas, vejo essa menina num vestido verde-escuro com grandes flores cor de tília — o mesmo vestido que estou usando na única foto desse verão de 1959 tirada numa praia quase vazia, sentada sobre metros de tecido da saia, dispostos como uma flor em volta da cintura, de modo que pareço uma boneca decorativa postada sobre uma cama de pedras — e me equilibrando em cima de escarpins, também cor de tília, comprados no Éram, que me deixam com um metro e oitenta, provocando a pergunta sarcástica dos meninos com quem cruzo: "Como está o tempo aí em cima?". Sim, as coisas são diferentes quando você é alta, e seu olhar passa por cima das cabeças, desce pelo cabelo dos outros e chega até o fim da rua. Os meninos ofendem as altas, mas têm menos coragem de botar a mão na bunda delas, se comparado com as baixas. Com o cabelo loiro descolorido cobrindo as orelhas e arrumado em coque na nuca, ao estilo de Mylène Demongeot, e a saia inflada, sua feminilidade é ostensiva e intocável, realizando no seu corpo e na sua atitude a fusão de sua história com H. e as instruções de *O segundo sexo*.

Kala-Nag ou Kali, ela não quer ser nem "vamp" nem singular, pelo contrário, deseja se conformar ao modelo da boa monitora estabelecido pelo estágio, se parecer com as outras, participar do clima "de camaradagem saudável e sincera". Mas por que escolher Kali como codinome, deusa sulfurosa, quando todas as outras monitoras se dobraram ao padrão dos nomes de flores, Jasmim, Margarida etc., a não ser por um desejo de se destacar? Não consigo entender o que ela pensa dessa ilusão em torno de si mesma, ela acreditou que estava enganando alguém? Disfarçar seu vício, essa obsessão pela comida, que ela recusava à mesa, mas vigiava com voracidade no prato dos outros, e que devorava enfim no lanche no gramado com as crianças, felizes em lhe dar as fatias de pão com manteiga e os doces de marmelo que elas não queriam comer. Não deixar transparecer seu empenho em se interessar pelas brincadeiras que organiza com grande esforço, o suplício — a ponto de querer fugir, mas para onde? — de ter que inventar um balé do *Quebra-nozes* com suas doze crianças para a festa dos pais, funcionários das docas do porto de Rouen que doaram para a ocasião quilos de bananas, com que ela se entupiu. Reprimir a sensação de estar sempre se comportando de forma ambígua no contexto onde se encontra.

Violette, bem baixinha, cabelo crespo, magra, que me perguntou de supetão, o que é uma mãe desnaturada? Claudette sempre à beira de um ataque de nervos, reclamando de tudo o tempo todo, que me abraçou com violência na hora do beijo de boa-noite no dormitório; Maryse, que chamava os outros de veado e ria com a boca escancarada quando era repreendida; a morena certinha de cabelo chanel que tinha lido *O pequeno príncipe* etc. Na memória detalhada que tenho do rosto das meninas de dez a doze anos pelas quais eu era responsável em Ymare, o que enxergo é minha inaptidão para sentir qualquer coisa por elas. Uma glaciação interior que me fazia ver as pessoas à distância.

Essa Kali-Kala-Nag do verão de 1959 não tem sentimentos. Ela rejeita as manifestações de afeto das crianças como se fosse uma coisa animal e uma quebra do princípio de igualdade. Ela é indiferente ao perigo, atravessando sozinha um bosque para visitar uma capela num dia de folga, pegando carona. Quase foi mordida por uma cobra — que não viu porque não pôs os óculos —, deitada a um milímetro dos tênis dela, e escreve: "Eu não sabia mais se tinha sido mordida ou não, as crianças me falavam para voltar para a colônia, eu mudava de assunto. Imagine só, não fiquei muito impressionada por saber que corria perigo de morrer".

Seu pensamento não tem mais objeto, e ela vive num mundo que perdeu o mistério e o gosto. O real só a afeta na forma de emoções dolorosas, desproporcionais — fica à beira das lágrimas ao pensar que tinha perdido uma carta da mãe que ainda não abrira.

No fundo, ela queria ter continuado a ser adolescente, como mostra uma carta a respeito das meninas de catorze anos da colônia:

"Eu tenho uma inveja sincera delas. Elas não sabem que essa é a melhor fase da vida. É uma droga não saber qual será o momento mais feliz de todos."

Ao trazer à tona uma verdade primordial, que a narrativa de si busca para garantir uma continuidade da pessoa, sempre falta isto: a incompreensão do que vivemos no momento em que vivemos, essa opacidade do presente que deveria perfurar cada frase, cada afirmação. A menina que as crianças chamam de Kali, que percorre com elas as estradas do campo cantando "A colôôôô-nia cheia de peôôôô-nia", não sabe, não consegue dar nome para "o que não está bem": ela come.

Numa tarde, sozinha no dormitório, ela roubou os doces no armário de uma menina. As acusações da vítima, cara a cara com as meninas do grupo, não deram em nada. Kali, a monitora, está obviamente acima de qualquer suspeita. Imagem de um gesto realizado por uma outra, uma menina submetida a uma pulsão irrepreensível, mas é o eu de hoje que ainda vê o armário de madeira acima da cama, que se lembra do silêncio no dormitório. Todos os pensamentos em torno dessa imagem sumiram. Não sei quantos doces eu roubei, só sei que comi todos ali na hora.

No início de setembro, ela é convocada para as provas do concurso de admissão para estudar na Escola Normal de professoras primárias de Rouen. Ainda que julgue ter sido brilhante na prova oral, com sua preleção sobre a amizade, ela tem certeza de que vai fracassar por causa da prova de desenho e do texto sobre as fábricas movidas a energia produzida pelas marés. Incrédula por ter ficado em segundo lugar, das cerca de sessenta candidatas para vinte vagas, enxerga essa classificação como um sinal incontestável do seu destino.

Imagem dessa tarde de setembro: sentada na cama de seu quarto em Yvetot, em frente ao armário-cômoda com um espelho em cima, com as *Valsas* de Strauss — disco que foi presenteado pelos amigos dos meus pais, musiquinha boba para mim, mas que nesse momento combina com o triunfo do meu ser. O momento puro do sucesso, de que desfruto com uma violência exaltada pela música vienense e a visão do meu reflexo no espelho, como se ele mostrasse o futuro e o mundo onde sou aguardada. É um momento de cegueira, o momento do erro absoluto, de entrada no erro.

Na noite do domingo de chegada, depois de ter organizado as peças do enxoval exigido pela Escola e marcado nelas suas iniciais, antes de pegar no sono numa cama que parece pequena demais, entre as divisórias cor-de-rosa de um cubículo aberto em cima e embaixo — uma espécie de caixa de boneca —, será que ela pensa que chegou onde, durante a colônia, ela sonhou em estar, que ela é aluna-professora, como a loira?

À memória de cômodos separados que guardo da EN — pórtico de entrada, dormitório, refeitório, pátio e ginásio etc., os lugares que eu frequentava, portanto — somam-se as imagens oferecidas pelos sites da internet, um conjunto panorâmico e arquitetônico dos mais impressionantes. Construída em 1886, a Escola Normal se distribuía em um terreno de dezenove mil metros quadrados, ocupando Rouen até o monte Sainte-Catherine. Havia jardins, um roseiral, uma quadra esportiva, um anfiteatro, uma sala de música e dança. Na fachada grandiosa do prédio principal, contornando três lados do pátio de recreação, corria uma marquise de vidro. Fechado em 1990, danificado, coberto por fungos, o edifício foi cedido pelo departamento por quatro milhões de euros, em 2014, para o grupo Matmut, que deve transformá-lo em um complexo com um hotel quatro estrelas, um centro de convenções, um parque público etc. Uma foto mostra as janelas do térreo emparedadas, vidros quebrados nos outros andares, erva daninha.

Não sinto nem um pouco de tristeza.

Antes que esse edifício se tornasse para mim uma prisão de ouro, um casulo mortífero — do qual a despedida, numa tarde ensolarada de sábado de fevereiro de 1960, me levará a descer a Rue du Champs-des-Oiseaux até a estação, com minha mala, num estado de pura felicidade —, imagino sem dificuldade que a aluna-professora Annie Duchesne estivesse entusiasmada pela magnificência do lugar, a riqueza das instalações, em suma, a perfeição de uma instituição que lhe lembrava, numa escala superior, a da colônia. Sem dúvida ela descreveu em detalhes a seus pais — principalmente para chegar até seu pai, reforçando o prazer dele em saber que ela estava protegida num Eldorado — a abundância e a variedade das refeições, os biscoitos amanteigados distribuídos às dez horas, o aquecimento central do dormitório, todas as "vantagens" de uma custódia completa e gratuita, da vacina de BCG à troca de sola dos sapatos, passando até por um "pé de meia" que era somado e entregue ao fim dos estudos. (É a lembrança dessa autarquia confortável e planificada que me levará a entender a natureza do sistema soviético e, depois, a nostalgia que os russos sentem dela.)

É até possível que, por ser sua primeira experiência como interna, aos dezenove anos, ela tenha no início se acomodado a esse universo rigorosamente fechado e vigiado, completamente feminino — à exceção do professor de história e de Nicolas, o faz-tudo com cara de sapo —, até que a imagem a cada manhã, por debaixo da divisória, dos pés nus de sua vizinha se lavando concentrasse em si toda a tristeza e o tédio, misturados a repulsa, por uma homogeneidade sexual a perder de vista, de manhã à noite. Ou até que ela levantasse a tampa da lixeira dos banheiros e olhasse com uma fascinação enojada os absorventes vermelhos jogados fora por desconhecidas — fazia mais de um ano que ela não via isso.

R. também prestou o concurso, foi aprovada, mas tinha o direito de ser externa, como algumas outras alunas que moravam em Rouen ou no subúrbio da cidade. Ao encontrá-la, senti a mistura de tranquilidade e doçura que a presença de uma antiga colega traz num novo ambiente. Essa memória compartilhada da classe anterior instaurou desde os primeiros dias uma cumplicidade crítica em relação às outras meninas e à instituição.

Na carta para Marie-Claude de segunda-feira, 21 de setembro, depois de uma passagem entusiasmada — "todas as meninas foram assistir *Hiroshima, meu amor* e repetiram em coro 'Você não viu nada em Hiroshima'" —, vem um parecer sobre a escola que já revela uma falta de entusiasmo, ou ao menos um desencantamento: "É passável. As aulas são variadas, psicologia, pedagogia, desenho, canto, cuidados com a casa, e o ambiente é bom. Parece que não é cansativo. Ainda bem".

A aluna brilhante, Annie D., não se destaca em nenhuma das disciplinas pedagógicas. Não tem interesse nem entusiasmo por nada além das aulas de literatura do século 20 e de história contemporânea — que não valem nota — e principalmente de culinária. Essas aulas consistem em preparar uma refeição inteira numa cozinha especial, maravilhosamente equipada, onde ela discretamente belisca uvas-passas e frutas cristalizadas do estoque guardado nos armários. Como as outras alunas-

-professoras, ela começa a fazer tricô, compra agulhas compridas e lã mohair azul-celeste — na moda — para confeccionar para si um casaco, abandonado depois de dez centímetros de linhas informes.

Como apreender o estado psicológico, a visão da vida, de sua vida, dessa menina encolhida que vejo na terceira fila, consumida pela obsessão de comer, entre R. e Michèle L. — ou ainda no ginásio, de roupa e tênis esportivos, dando a primeira aula de ginástica para as crianças da "escola de aplicação" vizinha e tendo apenas um desejo, que aquilo acabe —, quando ainda é impossível para ela pensar que se enganou de futuro? Pensar que ela está reprimindo essa percepção aterrorizante, inconfessável, de que não tem aptidão para o ensino primário, que ela se sente muito distante, muito abaixo da perfeição educativa cujo desejo é fomentado pela Escola Normal, como se a professora primária devesse assumir para si a orientação moral da sociedade inteira? Como medir sua desesperança? Apenas com esta lembrança específica: ter desejado ser a menina da cozinha, que empurrava o carrinho do refeitório distribuindo os pratos mesa a mesa.

O que sobrou do desejo e do sofrimento do ano anterior? O gesto de prender a respiração ao ver os corpos enroscados de Emmanuelle Riva e do japonês. A agitação violenta e a quase náusea do romance de Christiane Rochefort, *O repouso do guerreiro*, como se a heroína fosse ela, submissa.

Filtrado pelos muros, o mundo exterior perdeu o poder de dizer respeito a ela. Nem os acontecimentos da Argélia — pelos quais ela se interessa, no entanto, em termos filosóficos, sendo agora favorável à independência —, nem a morte de Gérard Philipe e de Camus a afetam. Bradadas no dormitório pelas meninas orgulhosas de sua voz, as canções "Allez, Venez, Milord", "La Valse à mille temps" e "Salade de fruits jolie jolie jolie" a irritam.

Dentro dos limites espaçotemporais que defini para mim — esses cinco meses na Escola Normal de Rouen — acabam entrando silhuetas de alunas, cada vez mais numerosas, como se essa demarcação voluntária trouxesse consigo o movimento de uma imensa queima de estoque de um armazém da memória fechado há décadas. Acabam voltando o nome e o rosto daquelas meninas para quem eu olhava, talvez me perguntando por que elas estavam ali, se eram felizes estando naquele lugar, se tornando professoras primárias.

O que as outras meninas da aula de formação profissional achavam de mim, o que sabiam de mim que eu ignorava, Annette C., de um vilarejo, La Vaupalière, Michèle L., de Gravenchon, Annie F., da Rue des Arsins, perto da loja de departamentos Manufrance, em Rouen? Essa verdade das outras pessoas — que não é nada, no entanto, diante daquilo que elas não sabem e que levam um susto ao descobrir, nunca tinha cogitado, imaginado isso etc. —, por que isso me importa hoje, ao escrever? Simplesmente porque essa verdade era constitutiva da minha relação com o mundo naquele momento, quando estávamos juntas, formávamos um grupo, o *corpo* das futuras professoras primárias, que — será que elas desconfiaram? — eu não conseguia sentir como sendo meu.

"Bom, eu escolhi isso, mas dizer que escolhi de verdade é outra coisa, você não acha que a gente é muito mais levada pelos acontecimentos?" Carta de dezembro de 1959.

Quando comecei a escrever, no ano passado, não poderia imaginar que me demoraria na estadia como normalista. Percebo que precisei reativar a menina que se comprometeu — por dez anos, eu tinha assinado embaixo — com uma profissão que não era para ela, se extraviando pelo caminho. Precisei expor, enfim, essa questão que raramente aparece na literatura: como, no início da vida, todos nós precisamos lidar com a obrigação de *fazer alguma coisa da vida*, o momento da escolha e, por fim, a sensação de estar, ou não, onde deveríamos?

Inverno. A estagiária que sai da escola primária Marie-Houdemare queria estar morta. Ou, o que é a mesma coisa, não ser mais essa pessoa a quem a professora-modelo, uma senhora idosa, vem dizer com dureza, na presença da outra estagiária, com os olhos pretos grudados nos seus, que imediatamente se enchem de lágrimas: *você não tem vocação para isso, você não foi feita pra ser professora primária*. A reputação de ranzinza dessa mulher entre as normalistas, que evitavam fazer o estágio com ela ou frequentar seu curso preparatório, não diminui em nada o horror daquilo que na hora é entendido como verdade. Uma verdade que transpareceu à minha revelia, apesar dos meus esforços para preparar as aulas de leitura e escrita, inventar um conto natalino com desenhos de rena e um chalé no meio da neve. O que fazer com essa verdade, que eu sou muito ruim, sou incompetente, no caminho que escolhi para mim.

Em seguida vejo essa menina escondida na igreja mais próxima, Saint-Godard, antes de voltar para a Escola, juntar-se às outras meninas, elas sim felizes de terem enfim estado frente a frente com os alunos, excitadas por poderem sair livremente por Rouen.

A avaliação nos últimos dias do estágio — o avaliador, a diretora da escola e a professora-modelo enfileirados em cadeiras ao longo da janela, batendo papo enquanto seguro a cartolina na qual escrevi, com letras grandes, as palavras novas da aula de leitura — não vai me salvar. A melhor aluna, a quem chamo para uma pergunta no fim da aula, confunde os particípios regular e irregular, responde que "o pastor andava descalçado". Em seu rostinho decepcionado, quase chorando por causa do erro cometido, eu enxergo, com dor, a confirmação da minha incompetência.

Não faz diferença que, por anos, cada vez que me lembrava dessa mulher glacial, seus olhos bizarramente separados, seus lábios estreitos em cima dos dentes alinhados, elegante, eu sentisse vontade de esmagá-la; preciso admitir que foi ela, com seu veredicto — atroz, naquela hora —, que, se não me salvou, ao menos me poupou bastante tempo. Ela faz parte das pessoas — nem sempre entre as mais gentis — que, acho, sem saber, mudaram o curso da minha vida.

R., que oportunamente ficou doente depois de ser reprovada numa lição de gramática, não conseguiu terminar o estágio numa escola da periferia. Será que foram nossas decepções compartilhadas no confronto com a realidade da profissão que nos aproximaram na volta às aulas de janeiro de 1960? E que nos levaram a essa fusão de pensamentos e pulsões, a essa cumplicidade exclusiva, cujo momento fundador localizo aqui: pegar sem nenhuma restrição, como formigas, as balas, os pirulitos e biscoitos recheados da cooperativa, armazenados na sala de aula ao lado da nossa, e ir embora sem pagar, num acordo tácito. Coisa que logo voltamos a fazer — mas com cuidado, por causa dos berros da responsável pela cooperativa, quando descobriu o furto — com um prazer infantil sem muita consciência de estar espezinhando a moral que deveríamos ensinar, ou talvez bem conscientes disso.

Devo supor que foram necessárias muitas horas para começarmos a "imaginar coisas" nas salas vazias, para onde se ia conversar longe dos outros, ou então será que a ideia surgiu de repente, primeiro como hipótese, depois como projeto compartilhado: ir embora da Escola Normal, trabalhar como *au pair* na Inglaterra, voltar e entrar na faculdade de letras em outubro? Quem teve a ideia primeiro? Foi R., aposto. Annie D., que vejo desesperada, bulímica, afundada no torpor do internato, nunca teria conseguido — nem sequer cogitado — se livrar da armadilha em que se jogara, tomar a iniciativa de pôr em ação o procedimento de romper esse compromisso, o que obrigaria os pais a reembolsar o valor dos meses passados na escola — tudo aquilo que, no fim das contas, se revelou ser de uma facilidade surpreendente —, algo inimaginável, no fundo do meu desamparo — tanto do lado da diretora quanto do dos meus pais.

O fato de nenhum deles saber o que significa a "propedêutica" em que me inscrevi para o ano letivo seguinte não impediu minha mãe de explodir de orgulho e ambição, disposta a sacrificar tudo para que sua filha "subisse na vida". Meu pai estava decepcionado, como se eu tivesse desdenhado o ideal dele. (Durante toda a vida ele guardou na carteira o recorte do jornal *Paris-Normandie* que mencionava meu sucesso no concurso de admissão da Escola Normal. Nada tiraria dele o momento de sua maior felicidade, de sua revanche contra o mundo, do camponesinho que foi tirado da escola aos doze anos para trabalhar numa fazenda.)

Mas, aqui, uma noção do limite das minhas próprias ambições depois de sair da escola:

"Eu adoraria ser professora, mas talvez não consiga chegar a isso. Também gostaria de ser bibliotecária, meu sonho antigo voltou." Carta de 29 de fevereiro de 1960.

Fim de março de 1960. Eu a vejo de pé no corredor do trem, parado na estação de Boulogne-sur-Mer. Coque loiro, óculos de armação dourada com uma borda preta em cima. Ela está com seu casaco três-quartos azul-celeste, impermeável, leve demais para a estação, mas na mala não há espaço para coisas de inverno, e ela vai voltar no outono. O trem vai partir em alguns minutos rumo à estação marítima, levando os passageiros com destino a Folkestone. Através da janela fechada ela olha para a mãe, imóvel na plataforma, que precisou desembarcar, surpresa e arrasada por ter sido proibida de ir mais longe, de acompanhar sua filha até o barco, na zona de controle alfandegário, e que sorri para ela com bravura. A menina sente as lágrimas lhe subirem aos olhos. É pouco provável que ela tenha se lembrado da cena homóloga a essa, em frente à estação de S. um ano e meio antes. Sou eu quem, hoje, ao escrever, comparo as duas imagens e constato, com a lembrança dessas lágrimas, a distância entre as duas meninas, aquela conquistadora, ansiosa por deixar sua família, sua cidadezinha, e esta aqui, já sem orgulho nem voracidade, que se esforça para parecer que está tudo bem e dominar a tristeza da partida e da separação — que não deseja nada do desconhecido que a aguarda. Essa menina, que nunca foi a Paris, certamente se vê chegando sozinha em Londres, sendo levada para uma família estrangeira com quem deverá morar por seis meses, uma eternidade. Nenhuma relação com os sonhos de sua infância e adolescência. Ela vai porque se enganou de futuro, é uma emigrante porque fracassou. Impossível "ficar sem fazer nada" em Yvetot, numa ociosidade que constrangeria seus pais, suscetível às perguntas dos clientes, à curiosidade maligna deles. Ela precisa ir, é inescapável, foi determinado desde a escola primária e suas boas notas. Ela não pode querer — amar — ficar na cozinha, sentada à mesa coberta por uma toalha de plástico, ficar em Yvetot. Ela precisa, como diz sua mãe, "seguir em frente". Ela é a Sarah daquela canção de Aznavour que a perturba em segredo, "ninguém vive para os pais". Nesse momento ela precisa cortar o único laço que a prende ao mundo. A perspectiva de que R. se junte a ela em Londres duas semanas depois não ajuda em nada.

As primeiras cartas para Marie-Claude, em envelopes que trazem no verso "Miss A. Duchesne Heathfield, 21 Kenver Avenue London N12 England", vibram com um entusiasmo que estava desaparecido desde a colônia. Satisfação de estar na casa de "pessoas antenadas", os Portner, que "em três semanas vão fazer uma *garden party*", de não precisar cuidar dos dois filhos deles por serem grandes demais, Brian, doze anos, Jonathan, oito. Ela descreve a casa, "muito bonita, carpete vermelho, espelhos em todos os cantos, parece meio americana", menciona a "religião, judaica, e o hábito de jantar na noite de sexta com velas acesas em cima da mesa". Enumera os lugares que visitou, a National Gallery "com Manet, Monet, Renoir, *A fonte*", a St.

Paul's Cathedral, o museu Madame Tussauds "com o quarto do Terror", a Torre de Londres, as Docas, o Buckingham Palace, o Marble Arch, Piccadilly Circus. Depois de ter escrito "eu amo minha vida, amo ser cosmopolita, queria visitar o mundo inteiro, amar tudo", ela acrescenta, com a vaidade — e a revanche inconsciente de quem até pouco tempo não tinha saído do buraco de onde veio, sobre a amiga mais bem posta socialmente: "Quando estávamos em Yvetot, era mais fácil imaginar que você estaria destinada às viagens e eu, a uma vida calma, né? Os acontecimentos realmente nos transformam".

Consigo pensar que "os acontecimentos" se referem à colônia, a H. e à passagem pela Escola Normal. Uma coisa é certa, essa menina que se diverte escrevendo "A Inglaterra é o país da tranquilidade, das coisas estabelecidas. A grama é muito verde, as pessoas adoram cores claras, bolos cor-de-rosa, canções água com açúcar como as de Perry Como" não está mais fora do mundo. Ainda que não tenha se livrado do seu apetite pervertido, que sua menstruação não desça, ela está saindo de sua glaciação.

Antes que, anos depois, eu me familiarizasse com o "bom gosto", o dominante, e que, retrospectivamente, a decoração de laca dourada, desprovida de móveis antigos, de uma biblioteca com livros, à exceção da *Seleções do Reader's Digest*, me parecesse típica de novos-ricos, a menina de 60 deve ter se sentido mergulhada num universo de luxo. Uma *living-room* de tapeçaria pesada com dois sofás confortáveis face a face, um móvel grande para a televisão, mesinhas, um bar. Uma cozinha equipada com eletrodomésticos que ela nunca tinha visto fora das vitrines das lojas, fogão elétrico, geladeira, máquina de lavar, torradeira, mixer — será que ela pensou no filme de Tati, *Meu tio*, a que assistiu no ano anterior e que não a fez rir? —, um banheiro resplandecente, um vaso sanitário cor-de-rosa, um telefone marfim em cima de uma mesa de apoio com entalhes na entrada. Deitar pela primeira vez na vida numa banheira lhe devolve o prazer do presente, que ela tinha perdido. E se mover, respirar, comer e dormir nesse cenário, passar a usar objetos novos com naturalidade, faz com que ela se submeta sem protestar a tudo o que lhe desagrada profundamente no trabalho — o qual, longe de ser uma simples "ajuda à dona de casa", como anunciado pelas "relações internacionais", a instituição que administra as meninas *au pair*, consiste em:

todas as manhãs: lavar a louça, o chão da cozinha e da *morning-room*, esfregar o banheiro e os vasos sanitários com Ajax, passar aspirador em todos os cômodos (menos a escada, de onde se tirava o pó com uma escovinha e uma pá)

todas as semanas: encerar a soleira da porta de entrada, polir os metais, passar roupa.

Essa memória também é implacável.

Em resumo, essa imersão no ambiente de uma classe mais alta me fez aceitar ser aquilo que meu pai, quando voltei à França, nomeou: "No fim das contas você foi uma empregadinha na Inglaterra!". Reflexão que, mesmo acompanhada de uma risada, me deixará profundamente mortificada, como uma verdade humilhante, embora eu usasse de todos os truques espontaneamente impostos por uma situação de servilismo — esticar só o lençol de cima e a coberta, limpar a mesa de vidro com cuspe — para ficar livre logo no fim da manhã.

Minha determinação de "dominar completamente o inglês", expressa na minha carta, em que também declaro ler o *Daily Express*, ter começado *Chocolates for Breakfast* da "nova Françoise Sagan", a americana Pamela Moore, e ter ido assistir a *Honoráveis delinquentes*, se esgarçou rapidamente. Mais que a dificuldade de acompanhar as aulas regulares estando no subúrbio — era só uma aula por semana, à noite —, foi a possibilidade de pegar emprestados romances franceses contemporâneos numa biblioteca de Finchley que deu o golpe fatal. As cartas contam "do remorso de mergulhar fundo na prosa francesa", enumerando os livros que li, publicações mais ou menos recentes:

A modificação, Butor

O último dos justos, André Schwartz-Bart, um livrinho formidável

Les Mauvais Coups [Passos em falso], Roger Vailland, me cativou

Au Pied du mur [Contra a parede], Bernard Privat, gostei

As amizades particulares, Roger Peyrefitte, bem entediante

Jantar mundano, Claude Mauriac

Les Enfants de New York [Os filhos de Nova York], Jean Blot

Essa incapacidade de resistir ao prazer da imersão na minha língua provavelmente se intensificava por eu estar cercada o tempo todo pela língua estrangeira. Minha boa vontade do início — que não devia vir de um desejo profundo, como se pode supor a partir da lembrança do meu espanto e horror diante da ideia de "pensar em inglês", como uma menina do curso queria fazer — se desintegrou com a chegada de R. na Inglaterra, recebida por uma família que vivia a menos de uma milha de distância da minha.

Nunca terminei o livro de Pamela Moore, que, segundo a Wikipédia, se suicidou em 1964.

R. é minha única "amiga de juventude", ou, em outras palavras, de antes da minha ascensão social, casamento e profissão, de quem, acabo de notar, nunca tive outra foto além dessa em que estamos a duas fileiras de distância uma da outra, com toda a sala de Filosofia II, em outubro de 1958. Ela está sentada na primeira fila, uma mão em cima da outra, pousadas na jaqueta. No seu rosto — que hoje, com o cabelo curto loiro quase castanho, acho estranhamente lunar e frio — não se vê um sorriso, e sim o esgar que nela tantas vezes vi, misto de zombaria e presunção. Sentada, ela parece mais alta do que era na realidade — um metro e cinquenta e oito — e, olhando bem, vê-se que suas pernas, retas e próximas umas das outras, só tocam o chão com a ponta dos sapatos, baixos e com cadarço.

Na minha lembrança, é outra menina que eu vejo, a pessoinha decidida, de movimentos suaves, cujo rosto passava de uma ingenuidade sorridente, destinada a todos que ela queria seduzir — adultos dos dois sexos —, para a dureza. Cuja voz bem modulada, um pouco grave, perdia as inflexões peremptórias de costume e se tornava — com dificuldade, é verdade — doce e meiga quando era o caso de agradar.

O que dizer a seu respeito antes de associá-la à personagem Xavière do romance de Beauvoir, *A convidada*, e não suportar mais sua agressividade

antes que, ao ser convidada para vir à minha casa, ela utilize, para falar com meu pai, o cumprimento "tudo bão com o senhor?", com o qual os que se acham superiores pensam se colocar no nível dos inferiores

antes que eu entenda que ela nunca vai me convidar para ir à casa dos pais dela para eu não me envergonhar dos meus

antes que, no verão de 1961, de certa forma eu a rechace, com uma carta escrita junto de G., uma nova amiga da faculdade

e antes que eu nunca mais a veja, a não ser uma vez, em 1971, no parque termal de Saint-Honoré-les-Bains, perto da piscina central, quando ela estava de costas na companhia de um homem e de uma menininha e eu a reconheci na hora pela panturrilha curiosamente musculosa, como a de um ciclista, e, assim que ela se virou, nossos olhares se cruzaram e desviaram sem uma palavra.

O que dizer a seu respeito, mas por que essa necessidade de dizer algo?

Provavelmente porque não consigo ressuscitar a menina que fui na Inglaterra — e que chamo de "a menina de Londres" há muito tempo, por causa da canção de Pierre Mac Orlan, cantada por Germaine Montero, *un rat est venu dans ma chambre* etc. — fora dessa dupla desgovernada que formei com ela, R., durante seis meses, excluindo qualquer outra companhia, num país estrangeiro.

Talvez citar o que escrevi para Marie-Claude:

"R. [...] é uma garota incrível, sem preconceitos, engraçada, é impressionante como ela é otimista, nunca vê problema em nada!"

Nas palavras dessa carta, que data de meados de maio, seis semanas depois da chegada de R., enxergo uma surpresa admirada diante de um modo de estar no mundo, uma naturalidade, uma leveza que eu não tenho, que era — e ainda é — o oposto do que sou. Leveza que hoje atribuo à sua certeza reiterada de ser "adorada" pelos pais, preferida em relação à irmã mais velha, casada e sem emprego, mãe de duas crianças, e que por comparação devia fazer R. parecer uma pequena gênia. Também ao seu contexto social, que, sem conhecer, localizo acima do meu por causa de alguns detalhes: pai que trabalhava "num escritório" como desenhista industrial, mãe em casa, férias na Côte d'Azur, discos de música clássica. Talvez seja essa despreocupação com o futuro de criança mimada e do meio pequeno-burguês que a fez me seguir na Escola Normal e que lhe permitiu depois sair de lá como uma flor.

Passamos todo o nosso tempo livre juntas. Na ausência das nossas *bonnes femmes* — assim se chamavam as mães de família que nos empregam —, nós corríamos para o telefone, era uma grande descoberta tanto para ela quanto para mim a possibilidade de usá-lo em privado, em casa. Eu vejo nós duas, a altona e a baixinha, dupla mal-ajambrada feito Doublepatte e Patachon, no Tally-Ho Corner, centro comercial de Finchley, indo da Woolworths a sorveterias, mais longe ainda até Barnet, Highgate, Hendon, Golders Green, pelas ruas cruzadas por carros, praticamente sem pedestres além de nós duas, convencidas de que, com aqueles quilômetros caminhados, estamos perdendo os quilos que ganhamos com tudo o que comemos, *lemon curd*, *shortbreads*, *trifles*, Smarties e tabletes de Milky Way, Caramac e Dairy Milk, sorvetes aerados recheando dois *wafers* comprados numa máquina de autoatendimento por quatro pences. A novidade dos sabores doces nos excita, temos vontade de tudo. Arrasto R. na avidez junto comigo. A menina de Londres encontrou em R. uma boa parceira de bulimia e jejum alternado.

Conversamos por horas, sentadas à mesa tomando um chá ou um Bovril — a versão inglesa do Viandox na *coffee-house* de Tally-Ho, onde a dona, uma mulher grisalha de óculos, lava e seca xícaras sem parar. A base da nossa experiência compartilhada, o liceu e a Escola Normal, alimenta a conversa. Cúmplices com prazer, o tempo todo encontramos alguma coisa para criticar, comparar e ridicularizar no jeito de ser e viver dos ingleses. Fazemos nossos comentários em voz alta, certas de que não somos compreendidas ao chamar as pessoas de *connard*, babaca, ou *greluche*, vaca. Estamos fora da realidade, numa bolha francesa inebriada, numa sociedade cujas regras — ridículas ou não — não nos dizem respeito.

Sou Annie apenas para R., no resto do tempo a pronúncia inglesa dos Portner transforma meu nome em *any*, o indefinido que significa "algo", não importa quem ou o quê.

Desfrutando com prazer a ruptura com o passado imediato — a Escola Normal, odiada com todas as nossas forças —, sem nos preocuparmos com um futuro nebuloso que só vai começar em outubro na faculdade, eu me vejo numa liberdade vazia. Depois, vou pensar nesses meses de Inglaterra como no "'domingo da vida', aquele que iguala tudo e afasta qualquer ideia de mal", segundo Hegel. Um domingo inglês de 1960, vazio e desocupado.

Não havia nem namoricos nem amor no nosso horizonte. Esse assunto não parecia preocupar R., apesar do seu desejo e satisfação em atrair o olhar dos homens, ao qual ela respondia com uma expressão de confusão ingênua. Toda a sua experiência parece resumida a alguns beijos na praia no verão anterior. A menina de Londres se sente velha e mulher ao lado de R., a seus olhos, uma menininha. Talvez fosse essa suposta inocência — eu não conseguia sequer imaginar que ela se masturbasse — que a impedia de confidenciar a R. "eu tive um amante". E — como eu pensava, mais ou menos — "não sou mais virgem". Não acho que manter uma zona proibida em nossa cumplicidade tenha sido difícil para mim. Ao contrário, me parece que combinava com a minha vontade de esquecer H. e a colônia, com a minha vergonha, desde a filosofia e Beauvoir, de ter sido um "objeto sexual". Nós nos estimulávamos uma à outra na destruição do amor e da paixão, pura alienação, ilusão ridícula. Carta para Marie-Claude:

"Nós nos divertimos bastante sem macho."

O início do meu texto me parece muito distante. A vida e a escrita são homólogas: me sinto tão distante do relato da primeira noite com H. quanto devia me sentir, em Finchley, distante da realidade daquela noite. O tempo decorrido entre as duas coisas, pensando bem, não é tão diferente assim: há treze meses terminei de escrever a noite de agosto de 1958 e, quando estava em Finchley, aquela noite tinha acontecido cerca de vinte meses antes. Esses dois períodos são igualmente vividos e imaginários.

Ter certeza da identidade do nosso desejo, mas não conseguir me lembrar da circunstância — o local exato, o dia, o objeto de cobiça — em que repetimos o que fizemos da Escola Normal. Provavelmente o Supermarket, onde a possibilidade de nos servirmos, quase inexistente na França, nos deslumbrava. Agir dessa vez num espaço comercial, enfrentar o risco de sermos reconhecidas, deve ter provocado um prazer de natureza nova e desconhecida, ampliado — como sempre depois — pela evocação voluptuosa do nosso feito, sentadas num bar ou num parque, ao tirar da bolsa e examinar o butim, morrendo de rir.

No início, nosso campo de ação eram só guloseimas, e nosso alvo específico era um casal idoso de *tobacconists*, os Rabbit, estando as gôndolas de barras de chocolate e tubos de Smarties à altura da minha bolsa azul e branca, a da colônia, na qual eu os escondia. Rapidamente ele se estendeu para as besteirinhas das prateleiras do Woolworths, batons, kits de unha e de costura. Ainda que o salário mínimo das meninas *au pair* — uma libra e meia por semana — não permitisse nenhuma loucura — ainda assim consegui comprar dois vestidos para mim durante minha estadia, bem como presentinhos para meus pais e um porta-objetos muito chique da Wedgwood para a família Portner como presente de despedida —, o que nos motivava não era nem a necessidade, nem a vontade de ter aquelas coisas, e sim a brincadeira. A aventura.

Ela começa na entrada da loja, observando os lugares e escolhendo onde vamos agir. Depois é preciso encenar uma naturalidade e ao mesmo tempo ficar de olho. Todas as habilidades de atenção, imaginação, análise de pessoas se tensionam com um único objetivo, aproximar-se o máximo possível da coisa cobiçada, pegá-la, devolvê-la, se afastar, voltar numa coreografia inventada a cada vez. O furto é uma questão de corpo, que se torna um radar, uma placa sensível ao ambiente. O momento da passagem ao ato, da mão que faz a coisa desaparecer no bolso ou na bolsa é de uma hiperconsciência de si — do perigo de ser você nesse instante — que dura até a saída da loja, simulando desatenção, com essa coisa que está te queimando. Depois, já do lado de fora e na segurança dos cinquenta metros de distância, nada supera o júbilo de ter mais uma vez desafiado o medo, realizado um grande feito, a prova dele guardada na bolsa, o troféu, ou no próprio corpo, como na nossa mais bela pilhagem, os biquínis da Selfridges que vestimos por debaixo da calcinha e do sutiã, indumentária com que nos divertimos desvairadamente no metrô, na volta para casa.

Para designar a audácia da passagem ao ato, diz-se "eu tenho a manha" — o que é motivo de orgulho, até de disputa.

Será que, no momento em que Annie Duchesne afana doces dos Rabbit, ela enxerga seus pais por trás do casal de pequenos comerciantes que não desconfiam que ela curte a vida por aí na companhia de R.? Ela é afetada por alguma coisa que se pareça com culpa? Acho que não, ainda que o rosto sem brilho e severo da senhora tenda a se confundir hoje com o de minha mãe no fim da vida. Está com amnésia moral, que libera do julgamento o que é realizado com outra pessoa. Nós jamais roubaríamos nem um pence de ninguém, teríamos entregado para a polícia uma carteira cheia de dinheiro se a encontrássemos na rua — não nos achávamos delinquentes, apenas meninas mais intrépidas e *sem preconceitos* do que outras.

Entre alguns poemas que escrevi um ano depois, encontrei este, que começa assim:

Foi na Tottenham Court Road
No espelho imperioso
Meu rosto escorria o medo
A tea house *se dissipava na noite*
Foi num outro mundo
Cinza e frio como a eternidade

Eu me lembro de mostrá-lo a colegas da faculdade, provavelmente com orgulho por ter transformado em substância misteriosa, imaterial, através de uma sequência de metáforas, um episódio real inconfessável. Mas talvez seja graças a esse poema que a imagem que me levou a escrevê-lo atravessou o tempo sem mudar: uma menina sentada, sozinha, numa *tea house*, há espelhos em volta, ela se enxerga neles.

Logo antes, uma mão segurara um braço na saída de uma loja de departamentos da Oxford Street. Não fora o meu. Uma mulher pequena de cabelo preto, de terno azul, de uma feiura impressionante — um narigão no meio da cara — obrigara R. a segui-la para dentro da loja, me proibindo categoricamente de acompanhá-la. Uma detetive. Na prateleira de acessórios do térreo, onde tínhamos decidido em comum acordo que íamos agir, eu não conseguira roubar nada, estranhamente desconfortável, paralisada, dizendo várias vezes para R., que surrupiava sem preocupação, "não sei o que eu tenho, estou sem a manha", frustrada por não conseguir imitá-la.

Nessa *tea house* da Tottenham Court Road, onde devo ter dito para R. que a esperaria, a menina que vejo sozinha numa mesa, em sua jaqueta de suedine marrom, olhando para a porta (onde finalmente aparecerá a mãe da família que emprega R., avisada pela polícia), será que ela sente alguma coisa além de estupor — não era uma brincadeira, então? — e alívio por ter sido poupada pela sorte de uma maneira incompreensível, uma espécie de milagre? Que hoje me parece indicar simplesmente uma permeabilidade específica da minha pessoa diante da presença e do olhar dos outros. É impossível, no entanto, não imaginá-la atravessada pela certeza de que sua vida fracassou completamente, mas não sei se ela percebe — como fiz mais tarde — que a origem disso está na colônia.

R. enfrentou a situação, negou tudo com firmeza apesar do par de luvas e outras bugigangas encontradas nos bolsos dela. Sua família inglesa impediu que ela dormisse na prisão pagando uma fiança de vinte libras. Ela compareceu a um tribunal na semana seguinte e testemunhei sua inocência jurando sobre a Bíblia — devo ter feito algum progresso no inglês —, com a mesma determinação de passar numa prova. Os Portner me acharam *marvelous*. O advogado de R. terminou sua argumentação pedindo que o tribunal olhasse para o rosto da ré — não é a própria imagem da inocência? —, mostrando aquele rosto redondo com o cabelo cortado no estilo de Jean Seberg (por causa do filme *Bom dia, tristeza*, a que tínhamos acabado de assistir), propagando com isso a certeza de que o rosto repulsivo e maligno da detetive atestava a falsidade de suas acusações.

R. foi declarada inocente. Nossa aventura, cujo desfecho foi afinal glorioso, tinha durado dois meses e meio.

A advertência de uma sociedade que para nós não tinha nenhuma consistência jurídica, que se limitava aos elementos visíveis, estourou a bolha lúdica em que vivíamos. Ao fazer R. comparecer diante de sua Justiça, ao me obrigar a prestar juramento, a Inglaterra se encarregava de nós e nos fazia tomar consciência dos nossos atos. Já a vitória sobre a lei facilitou o esquecimento. Comparando o que aconteceu conosco com o que de pior podia acontecer em 1960 com uma menina, R. chegou a uma boa conclusão: melhor do que engravidar. Acho que paramos de falar disso bem rápido. Um segredo vergonhoso compartilhado.

A última imagem real que eu tenho de R. é a de uma moça sem alegria num vestido de verão amarelo e cardigã azul se afastando com o marido e a filhinha numa alameda do parque termal de Saint-Honoré-les-Bains, subindo num Citroën DS parado no estacionamento, numa manhã do fim de agosto de 1971.

Não sei o que foi feito dela. Todo o tempo que passou e a ignorância me influenciaram, como se me autorizassem a relatar fatos em que ela está implicada. Como se aquela menina que desapareceu da minha vida há mais de meio século não existisse mais em lugar nenhum — ou como se eu lhe negasse qualquer outra existência além dessa que ela teve comigo. Ao começar a escrever sobre ela, deixei em aberto o tempo todo, por uma armadilha inconsciente, a questão sobre o meu direito de falar dela. De certo modo bloqueei meus escrúpulos, para chegar ao ponto — este aqui — em que sei que para mim é impossível cortar — ou sacrificar — tudo o que já escrevi sobre ela. Isso se aplica a tudo o que escrevi sobre mim. É a diferença em relação a uma narrativa de ficção. Não existe acordo possível com a realidade, com o *isso aconteceu*, registrado no arquivo de um tribunal de Londres, com nossos nomes, ela como ré e eu como testemunha de defesa.

Que fluxo de pensamentos, lembranças, que realidade subjetiva posso atribuir a essa menina que aparece na única foto que tenho de mim como *au pair* na Inglaterra, tirada por R. na piscina aberta de Finchley, uma foto cinco por cinco em preto e branco, mal enquadrada, na qual sou vista bem de longe, sentada no piso de lajotas, com um campo e árvores ao fundo? Talvez aquilo que hoje me parecem as primícias do que eu me tornaria em seguida — ou acho que me tornei.

Um coque loiro, alto e bufante, no estilo de Brigitte Bardot, um biquíni — o azul da Selfridges —, óculos de sol, uma pose estudada — um braço esticado, apoiado nas lajotas, o outro languidamente pousado sobre as pernas puxadas para perto do corpo —, o que destaca a cintura fina e os seios, visivelmente falsos, resultado do enchimento de espuma que dá volume ao sutiã. O que vejo é uma menina parecendo uma pinup. Annie D. conseguiu ser, numa versão maior, a loira da colônia, a loira de H. Só que ela é uma pinup fria, bulímica e que não menstrua, que rejeita com arrogância as tentativas masculinas. "Na piscina, conversei com três meninos, um suíço, um austríaco, um alemão. Foi divertido, interessante, mas as insinuações deles me deixaram retraída e ficou por isso mesmo." Carta de 18 de agosto de 1960.

Toda a memória da colônia está sitiada. Um passado de "menina perdida", que a presença de R., "boa moça", reprimiu. Impedida de me confidenciar com R., eu consolido meu esquecimento. Ao lado dela, forjo para mim, tranquilamente, uma respeitabilidade. Com sua virgindade biológica perdida ou não, a menina meio puta volta a ser "uma boa moça". Quem, agora, se lembra da primeira. Ninguém, de verdade.

Quando a menina da foto, de olhos fechados, está deitada em cima da toalha, ela se sente "a mil milhas do meu antigo eu", como escreverei numa carta. Eu a imagino atravessada por imagens da infância. Porque é em Londres que o barulho de um avião no céu a transportou, certa tarde, para os bombardeios da guerra, os alarmes perturbadores na rua, com uma espécie de doçura. Ela vê seus pais à distância, velhos, um pouco ridículos e gentis em seu pequeno comércio, com uma espécie de amor dissociado. É como se a própria realidade se colocasse à distância.

Comecei a me transformar em um ser literário, alguém que vive as coisas como se elas precisassem um dia ser escritas.

Numa tarde de domingo do fim de agosto ou começo de setembro de 1960, estou sentada, sozinha, no banco de um jardim público, ao lado da estação Woodside Park. Faz sol. Há crianças brincando. Levei material para escrever. Começo um romance. Escrevo uma página ou duas, talvez, ou menos. Talvez apenas esta cena: uma menina está deitada numa cama com um homem, ela se levanta e vai embora, andando pela cidade.

O que ficou desse início que desapareceu foi a lembrança precisa da primeira frase: Cavalos dançavam lentamente à beira do mar.

Na casa dos Portner, vi na televisão uma cena que me deixou bastante perturbada. Via-se, em câmera lenta, dois cavalos eretos, empinados, caminhando numa praia. Com essa imagem, eu queria sugerir a sensação de dilatação do tempo e de enredamento do ato sexual. Se me refiro ao romance muito curto que escrevi dois anos depois e que é a continuação desse início, é para contar não a realidade da minha história com H., e sim uma maneira de não estar no mundo — de não saber como se comportar nele. Alguma coisa imensa e borrada que talvez explique que nos dias seguintes não continuei a escrever, provavelmente adiando para minha vida futura de estudante de letras (ou filosofia, eu estava em dúvida por causa de Beauvoir) a realização do meu romance. R. não ficou sabendo da minha intenção de escrever. Eu estava convencida de que ela faria de tudo para demonstrar para mim a loucura dessa ambição.

Eu me pergunto se, ao começar o livro, não estava imantada por essa imagem do jardim do Woodside Park, a menina num banco, como se tudo o que aconteceu desde a noite da colônia levasse, de queda em queda, a esse gesto inaugural. Essa narrativa seria então a narrativa de uma travessia perigosa até o porto da escrita. E, em última instância, a demonstração edificante de que o que importa não é o que acontece, é o que fazemos com o que acontece. Tudo isso diz respeito a crenças reconfortantes, fadadas a se arraigar cada vez mais profundamente em si com o passar dos anos, mas cuja verdade é, no fundo, impossível de estabelecer.

Em janeiro de 1989, passei um fim de semana em Londres na companhia de vários escritores para um evento literário no Barbican Centre. No domingo de manhã, que estava vago, peguei a Northern Line até East Finchley, depois o ônibus, e pedi ao motorista para parar em Granville Road, bem perto da casa dos Portner. Antes de parar, vi a *swimming pool.* Peguei a Kenver Avenue. A casa dos Portner me pareceu menor e comum. Em Tally-Ho Corner só havia sobrado a Woolworths. O *tobacconist* Rabbit havia desaparecido, assim como o cinema cujo cartaz de *De repente, no último verão*, com Elizabeth Taylor, me dera tanta vontade de ver o filme (eu o veria dez anos depois) e onde era possível comprar pacotes imensos de pipoca sem entrar na sala. Peguei o metrô em Woodside Park. Não me lembro de ter visto o jardim. Ao voltar para casa, escrevi no meu diário: "Todos os participantes do colóquio se enfiaram nos museus e eu, em North Finchley, na minha vida passada. Não sou da cultura, só uma coisa me importa, apreender a vida, o tempo, entender e aproveitar a vida".

Seria essa a verdade maior deste relato?

Outono, início de outubro de 1960. Dentro de alguns dias, vou pegar o barco para Dieppe com R., deixar a Inglaterra, voltar para Yvetot e me inscrever em propedêutica na faculdade de Rouen. Última carta da Inglaterra: "Depois de um ano de indolência, vou voltar à ativa, com certeza vai ser uma mudança bem difícil. Mas é mais agradável se ocupar com alguma coisa, pois temos a impressão de ser útil, de criar, ainda que sejam redações que não servirão para absolutamente nada na sociedade!".

Vou fazer o caminho de ida e volta entre a mercearia e a faculdade, meia hora com o trem expresso ou pela rodovia. Não existe cidade universitária para as meninas, e recuso a tristeza de uma residência de freiras. A vergonha que meus pais provocam em mim — meu pai, que diz "nós era", minha mãe gritando com ele etc. — é menor que minha necessidade de acolhimento, que encontro junto deles, no comércio deles — o acolhimento da infância. Em troca, vou lhes dar o valor total da bolsa de estudos — integral para mim, mínima para R. — que o Estado me concedeu.

No anfiteatro, no primeiro dia de aula, estou numa excitação imensa, com pressa de ir imediatamente para a biblioteca municipal pegar emprestadas as obras que o professor Alexandre Micha, diretor do curso de letras, nos ditou, uma lista de três páginas. Vivo numa efervescência intelectual, uma expansão feliz — à espera de novos pares. Em frente ao quadro de avisos do curso, entabulei uma conversa com uma menina bonita e graciosa, G., que percebi, pois logo nos tornamos amigas, que não come quase nada, só doces e iogurtes. Peguei minha carteirinha na União Nacional dos Estudantes. O mundo e a política me interessam.

Assinei a revista *Lettres françaises*, dirigida por Aragon, e aos domingos de manhã vou à biblioteca de Yvetot pegar emprestadas as "novidades", Robbe-Grillet, Philippe Sollers. Na primeira dissertação de literatura, tiro a melhor nota do meu grupo das disciplinas práticas. Acompanho o curso com um sentimento de plenitude e orgulho. "Âge tendre et tête de bois", "Les Enfants du Pirée", "Verte Campagne", todas as canções desse outono traduzem minha felicidade.

Avanço em direção ao livro que escreverei, como dois anos antes eu avançava em direção ao amor.

A ideia fixa da comida foi embora, meu apetite voltou a ser igual ao de antes da colônia.

A menstruação voltou no fim de outubro. Percebo que este relato está contido entre dois limites temporais ligados à comida e ao sangue, os limites do corpo.

Acho que eu não me perguntava se era virgem ou não. Na minha cabeça, eu tinha voltado a ser.

(Em Seul, em 1995, quando eu caminhava pelos becos onde as meninas esperam o cliente atrás de um vidro, ao lado de uma churrasqueira, o homem da embaixada que me acompanhava contou que elas vinham do interior e alguns anos depois voltavam para lá e se casavam, esquecendo aquilo que ninguém tinha ficado sabendo.)

Carta de dezembro de 1961, para Marie-Claude:

"Estou enfurnada, encontrando o descanso pascaliano no meu quarto. Os melhores momentos são aqueles em que, perto das cinco, vejo através do vidro o sol se pôr. O frio congela tudo do lado de fora e acabo de estudar por quatro horas seguidas. A biblioteca municipal escura me agrada também. [...] tem essa frase de Nietzsche que acho tão bonita: 'Temos a Arte para não morrer com a Verdade'."

No primeiro verão depois do fim da Guerra da Argélia, o verão de 1962, viajei de férias com M., uma colega da faculdade que tinha comprado um Citroën 2CV com seu salário de professora primária. Fomos para a Espanha. Coube a mim definir o caminho de Yvetot até a fronteira espanhola e fiz isso de tal maneira que passássemos pelo Orne, perto de S. No fim da manhã chegamos à altura de S. e pedi para M. o favor de fazer o retorno para ver o sanatório onde eu tinha sido monitora quatro anos antes. Não estávamos com pressa, ela não via nenhum problema em fazer o que eu queria. Indiquei o caminho com facilidade. Era uma estrada sombreada, que no entanto eu não conhecia mais como tinha imaginado. Estacionamos em frente ao pórtico e, do carro, olhei para o lugar. A administração à direita, o jardim florido com os arbustos podados supostamente na forma de um colete, a fachada cinza do sanatório. Não havia crianças nem monitores à vista. Não sei por que não saí do carro, talvez por medo de ser reconhecida. Era começo de julho, estava quente, sem sol. Eu usava um blazer azul-marinho — quente demais, que acabei não vestindo mais assim que cruzamos o Loire — e um casaquinho rosa-pastel. Vestida, portanto, exatamente como "a loira", como eu a vira no primeiro dia, na enfermaria onde estávamos só nós duas, fazendo raio X do pulmão e urinando num potinho.

Não sei o que senti nesse exato momento de 1962 no Citroën 2CV cujo vidro precisei abrir para fazer entrar em mim a vista do lugar que eu tinha deixado quatro anos antes. Para saber, precisaria entender que memória eu tinha naquele instante das semanas que passei em S. e relembrar a maneira instável e nebulosa como eu enxergava essa vida, minha vida, de apenas vinte e dois anos. É possível que eu não tenha sentido nada, apenas o assombro de sempre por encontrar um lugar diferente de como eu o havia guardado. Ao querer voltar para a colônia, eu não estava tentando sentir alguma coisa, ainda era jovem demais para ter esse desejo — e não tinha lido todos os volumes de *Em busca do tempo perdido*. Eu voltava para mostrar como eu era diferente da menina de 58 e para afirmar minha nova identidade — estudante de letras brilhante e decorosa, destinada a ser professora em colégios e à literatura —, para medir a distância entre as duas. No fundo, voltava não porque os lugares de 1958 me "diziam algo", mas para que eu dissesse aos muros cinza da construção do século 17, à janelinha do meu quarto no alto da fachada, abaixo do teto, que eu não tinha mais nada a ver com a menina de 58.

Acho também que eu quis voltar para S. e rever a colônia porque esperava buscar forças para escrever o romance que eu queria. Uma espécie de pré-requisito, que seria vantajoso para a escrita, de gesto propiciatório — o primeiro de uma série, que depois me levará de volta a diversos lugares — ou de oração, como se o lugar pudesse ser um mediador obscuro entre a realidade do passado e a escrita. No fundo, o desvio para S. se parecia com o beijo que, assim como os peregrinos e para grande desgosto de M., que se absteve disso, dei no pé da Virgem Negra de Montserrat, manifestando o desejo de escrever um romance.

Escrevi no outono, era um texto muito curto. O título era *A árvore*, por causa de uma frase de Mérimée que li em sua *Correspondência*: "É preciso se acostumar a viver como uma árvore". Mais tarde, depois da recusa da editora Seuil em publicá-lo, mudei para *O sol às cinco horas* e enviei para a Buchet-Chastel, que também o recusou.

No verão de 1963, o verão dos meus vinte e três anos, no quarto com forro de madeira num pequeno hotel-restaurante de Saint-Hilaire-du-Touvet chamado Chez Jacques, a prova da minha virgindade biológica era incontestável. Eu só sabia o primeiro nome dele, Philippe. Na primeira carta que ele me escreveu li seu sobrenome, Ernaux, e fiquei perturbada pela semelhança com as três primeiras letras de Ernemont, o que indicava, segundo minhas lembranças do curso de linguística, a mesma origem germânica. Vi nisso um sinal misterioso.

Fui escrevendo este texto sem olhar para trás.

Tenho a sensação de que tudo isso poderia ter sido escrito de outra forma, como um relatório de fatos brutos, por exemplo. Ou então a partir de detalhes: o sabonete da primeira noite, as palavras escritas com pasta de dente vermelha, a porta fechada da segunda noite, a jukebox que tocava "Apache" na *coffee-house* de Tally-Ho Corner, o nome de Paul Anka gravado com força numa carteira do liceu, o 45 RPM de "Only You" comprado com R. numa loja de discos depois que escutamos a música juntas numa cabine e que eu ouvia nos sábados à noite no meu quarto em Yvetot, de luz apagada, dançando sozinha e devagar.

É a falta de sentido do que vivemos, no momento em que vivemos, que multiplica as possibilidades da escrita.

A lembrança do que escrevi já está se apagando. Não sei o que é este texto. Até o que eu buscava ao escrever o livro se dissolveu. Encontrei nos meus papéis uma espécie de nota de intenções:

Explorar o abismo entre a assombrosa realidade daquilo que acontece, no momento em que acontece, e a estranha irrealidade em que, anos depois, aquilo que aconteceu se transforma.

A marca FSC® é a garantia de que
a madeira utilizada na fabricação
do papel deste livro provém de
florestas gerenciadas de maneira
ambientalmente correta, socialmente
justa e economicamente viável e de
outras fontes de origem controlada.

Título original: *Mémoire de fille*

DIRETORAS EDITORIAIS Fernanda Diamant e Rita Mattar
EDITORA Eloah Pina
ASSISTENTE EDITORIAL Millena Machado
PREPARAÇÃO Cristina Yamazaki
REVISÃO Adriane Piscitelli e Eduardo Russo
DIRETORA DE ARTE Julia Monteiro
CAPA Bloco Gráfico
IMAGEM DA CAPA Arquivo privado de Annie Ernaux (direitos reservados)
PROJETO GRÁFICO Alles Blau
EDITORAÇÃO ELETRÔNICA Página Viva

CIP-BRASIL. CATALOGAÇÃO NA PUBLICAÇÃO
SINDICATO NACIONAL DOS EDITORES DE LIVROS, RJ

E65m

Ernaux, Annie, 1940-
Memória de menina / Annie Ernaux ; tradução Mariana Delfini. — 1. ed. — São Paulo : Fósforo, 2025.

Tradução de: Mémoire de fille
ISBN: 978-65-6000-096-4

1. Ficção francesa. I. Delfini, Mariana. II. Título.

CDD: 843
25-96680.0 CDU: 82-3(44)

Meri Gleice Rodrigues de Souza — Bibliotecária — CRB-7/6439

Editora Fósforo
Rua 24 de Maio, 270/276, 10º andar, salas 1 e 2 — República
01041-001 — São Paulo, SP, Brasil — Tel: (11) 3224.2055
contato@fosforoeditora.com.br / www.fosforoeditora.com.br

Este livro foi composto em GT Alpina
e GT Flexa e impresso pela Ipsis em papel
Golden Paper 80 g/m² para a Editora
Fósforo em março de 2025.